El pazo vacío

A Teresa, Ánxel y Daniel

SOPA DE LIBROS

Xabier P. Docampo

El pazo vacío

Ilustraciones
de Xosé Cobas

ANAYA

Traducción de Xavier Xenín

Árbol genealógico de las famil

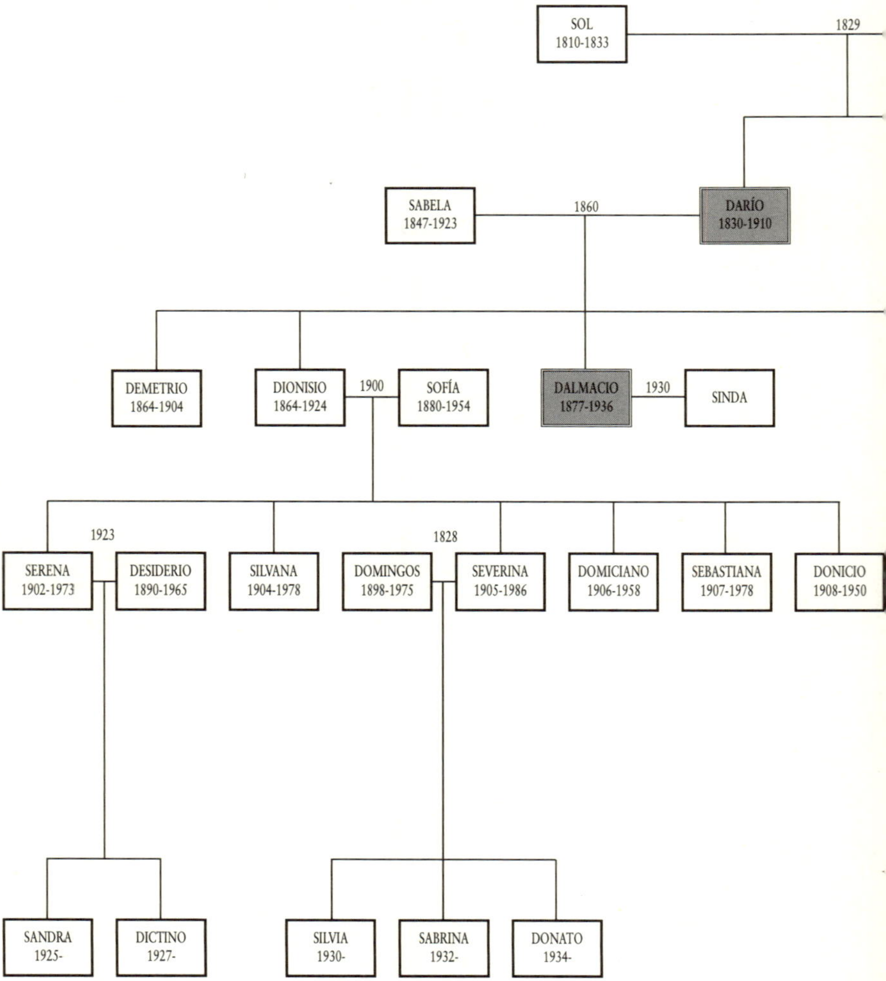

l Pazo confeccionado por Aurelio

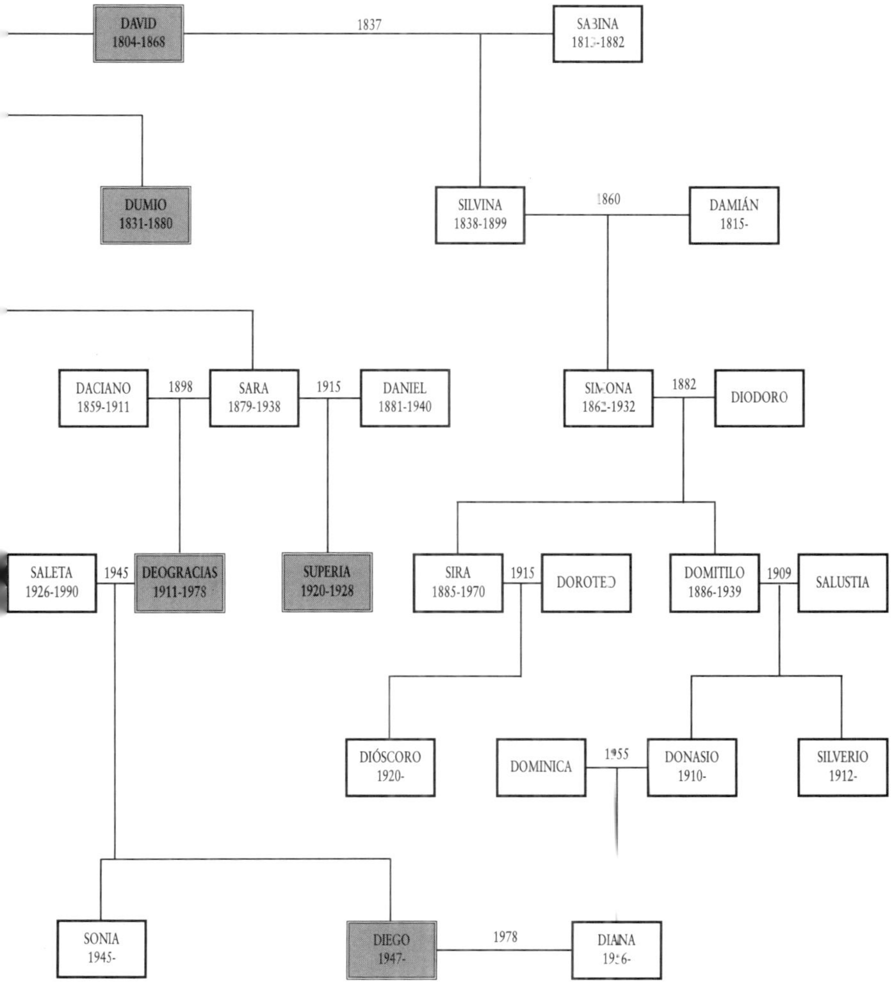

1

NICOLÁS

Nicolás fue tres días a la escuela y no volvió más. Esta situación dura ya desde hace tres meses y todavía no lo han descubierto. Ahora, desde el interior de su casa, ve pasar a su amigo Ramiro, que regresa de la escuela. Lleva toda la tarde leyendo y se le ha pasado el tiempo sin darse cuenta. Ya está cerca la Navidad y muy pronto comenzarán las vacaciones escolares; entonces no necesitará controlar las idas y venidas de sus amigos para no ser visto en la calle mientras ellos están en clase.

Se levantó y se acercó a la ventana.

—¡Ramiro! —llamó—. Espera, que salgo.

Ramiro es uno de los pocos que están enterados de su situación.

—¿Qué tal? —preguntó Nicolás a modo de saludo una vez que estuvo a su lado.

—Nada —le respondió Ramiro—. Ya sólo falta un día para las vacaciones. Hoy nos han dado las notas —esta última frase la dijo el chico muy bajito, como si no tuviera interés alguno en que la escuchara su amigo.

—Pues ya sabes en lo que hemos quedado —le recordó Nicolás, que había oído perfectamente lo que Ramiro había dicho—. Antes de llevártelas a casa tienes que dejármelas fotocopiar. Supongo que habrás aprobado todo, ¿no? A ver si me vas a fastidiar tú ahora a mí...

—Sí, aprobé todo —respondió, un poco ofendido por la actitud del amigo. Porque Ramiro era, por encima de todo, un buen amigo, siempre dispuesto a echarle una mano a quien lo necesitase, aunque este asunto de la falsificación de la notas de Nicolás no le entusiasmase precisamente. Pero de todos modos, aunque no de muy buena gana, sacó de la mochila su boletín de notas y se lo dio a Nicolás.

—¡Vaya! —gritó Nicolás, contrariado.

—¿Qué sucede, no son suficientemente buenas para ti? Pues, si las quieres mejores, vas allí, te aguantas lo que haya que aguantar, y las sacas mejores —dijo Ramiro alargando la mano para recuperar sus calificaciones escolares.

—No se trata de eso, Ramiro —contestó Nicolás mientras ponía el boletín fuera del alcance de su amigo para que no pudiera cogerlo—. Es que son verdes. Estas notas están hechas en cartulina verde y yo tengo preparada una cartulina blanca. ¿Por qué no las harán blancas como todo el mundo?

—Y yo qué sé por qué no las hacen blancas, o amarillas, o azules... Son verdes y se acabó. Además, ¿a ti qué más te da? Puedes hacerlas blancas, que, como no sea por otra cosa, por eso no va a saber nadie si son falsas o verdaderas.

—Tienes razón. Espera, que voy a buscar la cartulina y algo con lo que borrar y nos vamos ya a la Biblioteca, que allí podemos fotocopiarlas sin que nadie se entere.

En la Biblioteca había una fotocopiadora para uso de los lectores, y allí se dirigieron los dos muchachos cuando vieron que no había nadie cerca de ella.

Era Nicolás el que manipulaba el aparato. Primero hizo una copia de la parte en la que venían los datos de su amigo. Borró con cuidado el nombre de Ramiro y volvió a fotocopiar, después de poner la cartulina en el cajetín del papel. Le salió un poco torcida, pero valdría perfectamente. Sólo faltaba que Nicolás pusiera su nombre y sus apellidos con cuidado de imitar la letra del profesor, y su padre firmaría donde se le indicase, orgulloso de tener un hijo que sacaba tan buenas notas.

Cuando regresaban a casa, Ramiro iba callado y preocupado.

—¿Qué te pasa que vas tan callado?

—Me pasa que te vas a meter en un lío de mucho cuidado y, de rebote, me vas meter a mí por encubrirte.

—Escucha, Ramiro —comenzó a hablar Nicolás tirándole ligeramente del brazo a su amigo para que se detuviera—: ni va a haber lío ninguno si tú no dices nada, ni tú eres un encubridor, porque, desde hace unos minutos, ya eres cómplice, que es mucho más que encubridor. Así que ya estamos los dos metidos en el mismo lío, si es que hay lío, que no tiene por qué haberlo.

Si antes Ramiro estaba callado, ahora marchaba al lado de Nicolás totalmente hundido. Saberse cómplice de algo que él estaba seguro que acabaría por descubrirse le causaba verdadero pánico. Él siempre había sido lo que se llama un buen chico, todavía más, un chico excelente. Era su bondad, su sinceridad, su nobleza de corazón lo que le hacía verse metido en problemas, y eso lo sumía con frecuencia en la melancolía, y entonces se olvidaba hasta de sus aficiones más queridas, como los sellos o la entomología. Todo lo contrario que Nicolás, a quien los problemas le producían una euforia especial. Era su estado ideal: siempre metido en líos.

—Además, no tienes por qué preocuparte, porque a lo mejor cualquier día vuelvo.

—¿Que vuelves adónde? Porque a la escuela has dicho que no volvías más ni aunque te matasen.

—Es cierto. Pero puedo cambiar de idea en cualquier momento.

Aquello trajo un poco de paz al corazón de Ramiro. No es que en realidad tuviera muchas esperanzas de que Nicolás regresara a la escuela, porque, a poco que se pudiera librar de ir, por su voluntad desde luego no iría. Pero también podría suceder que cambiara de idea, como él decía.

Siguieron el resto del camino en silencio hasta llegar a casa de Ramiro; allí se despidieron, y Nicolás continuó hasta la suya, que quedaba un poco más adelante.

Sus padres todavía tardarían en regresar del trabajo. Primero llegaría la madre, alrededor de las seis y media o las siete de la tarde. Se sentaría delante del televisor para ver el concurso *Esto lo hace cualquiera,* aunque no era su favorito. Pero es que la madre de Nicolás los veía todos; se volvía loca con los concursos de la televisión. Escribía cartas continuamente y sólo la habían llamado para participar en un concurso por teléfono. Pero se puso tan nerviosa y se aturulló de tal modo, que no dio pie con bola en las respuestas.

Se lamentó durante ocho días seguidos de que las sabía, pero los nervios no le habían dejado pensar las respuestas debidamente y por eso había fallado. Y algo así debió de ser, porque no acertó ni una. Es más, en algún caso contestó verdaderos disparates, como cuando dijo que a los habitantes de Cerdeña se les denominaba «cerdos», y a los de Bulgaria, «vulgares».

—Y lo bueno del caso es que cuando lo estoy viendo las acierto todas —decía siempre que contaba la historia del concurso en el que había participado. Claro que ahora dice comprender que los concursantes no acierten las respuestas más sencillas.

Pero ella seguía mirándolos todos y escribía montones de cartas para participar en ellos.

Después del concurso prepararía la cena. Hacia las nueve o las diez llegaría el padre y cenarían mientras veían la televisión. Que había concurso, pues concurso. Si a esa hora coincidía que ese día no había concurso, tocaba telediarios. De cadena en cadena, las mismas noticias con las mismas imágenes y con los mismos comentarios: «¡Qué horror!» «¡Mirad qué desgracia tan grande!» «Callad un momento a ver qué tiempo va a hacer mañana.» Todo esto repetido cuatro o cinco veces, tantas como telediarios.

Como siempre acababa por haber algún concurso, la madre de Nicolás permanecía allí, nerviosa, casi histérica, hasta que finalizaba. Después preparaba la comida de Nicolás para el día siguiente.

El padre, si había fútbol —que raro era el día en que no lo había—, se marchaba a su habitación a ver el partido en el otro televisor. Allí también había nervios, histeria y conversación con los personajes que salían en la pantalla.

Cuando le preguntaban a Nicolás de qué equipo era su padre, él siempre respondía lo mismo:

—De la mitad de los del mundo, porque, se trate del partido de que se trate, él siempre va a favor de uno y contra el otro.

Nicolás escogía entre el concurso o el fútbol, que era tanto como escoger entre estar con su padre o con su madre.

Antes de que acabara el concurso o el partido, Nicolás se marchaba a la cama y ya no volvía a ver a sus padres hasta el día siguiente al anochecer. A no ser, claro está, los domingos. Así transcurría cada día desde que tenía memoria y así parecía que iba a seguir siendo siempre.

Eran unas costumbres tan fijas como los días del calendario que a Nicolás le facilitaban mucho las cosas en aquello de no ir a la escuela.

Eso de no ir a la escuela no es cosa que le resulte fácil de llevar y le causa muchos problemas. Siempre ha dicho que está dispuesto a mantenerse así y a no cambiar de postura suceda lo que suceda. Hasta hace poco, cuando le dijo a Ramiro que existía la posibilidad de que volviera, siempre había afirmado estar decidido a no volver a poner los pies en un lugar como aquél.

Cuando salió por la puerta, el tercer día del curso, le dijo al profesor que no volvería más y, hasta ahora, así se mantenía y ya ha transcurrido bastante tiempo.

Ya había ido a otras escuelas en las que había estado más o menos a gusto. Había días en los que salía satisfecho de cómo se había desarrollado la clase, y días en los que regresaba a casa algo enfadado y en los que le rondaba por la cabeza la idea de abandonar, pero siempre acabó por regresar al día siguiente.

Nicolás es un muchacho que le pone mucho interés a lo que le gusta, pero, como una cosa se le atraviese o se le meta en la cabeza que no vale para nada, no hay persona que consiga que la haga, se ponga como se ponga. Es bueno como un pedazo de pan. Todo le da lástima y le duelen con frecuencia las desgracias ajenas. Como compañero, no lo hay mejor, siempre a favor del que más lo necesita. ¿Chivato? Ni que lo muelan a palos. Pero también es rebelde y travieso como pocos.

A él le interesaba mucho aprender a leer bien. Decía que no quería depender de nadie para estudiar las cosas que le gustaban, y no siempre se encuentra en la gente la amabilidad necesaria para que le digan a uno las cosas de forma que las pueda comprender bien y aprenderlas.

Su padre y su madre tenían poco tiempo, pero eran capaces de dejar ella los concursos y él el fútbol si había que echarle una mano. Pero, al mismo tiempo, se les notaba perfectamente que tenían la cabeza en otro lugar (en los concursos y en el fútbol que en aquel mismo momento echaban por la televisión), porque en seguida perdían la paciencia y comenzaban a reñirle. Se podría decir que su cielo estaba empedrado de buenas intenciones, pero su suelo estaba adoquinado de falta de voluntad para cumplirlas.

No es que los padres no le quisieran, que le querían, y mucho, y se preocupaban por él. Incluso lo tenían por el mejor muchacho del mundo; reconocían que era un poco travieso, pero tal cosa la tenían más por virtud que por defecto, y siempre acababan por decir que era de lo mejorcito: listo, obediente, responsable... A la madre de Nicolás se le había ocurrido llamarle Eneá desde que había caído en la cuenta de que en las series americanas de televisión, con mucha frecuencia, a los niños los llaman por las iniciales de sus nombres, y como Nicolás, en realidad, se llamaba Nicolás Antonio, a su madre se le ocurrió decir Eneá, y no hay quien la quite de ahí por mucho que al chico le dé rabia el nombrecito. Pues bien, ella siempre acababa diciendo:

—Eneá es maravilloso.

Eso mismo fue lo que dijo el día en que fue a matricularlo al colegio de Eiravella, que era donde había nacido el padre de Nicolás. Aquel verano, en el que el chico había cumplido los doce años, habían comprado la casa y se habían ido a vivir al pueblo. Antes habían tenido ya varios domicilios y el muchacho ya había recorrido varios colegios, pero éste decían que sería el definitivo. Así que la madre de Nicolás fue a pedir plaza para él al colegio público de Eiravella. Rellenó los impresos que le dieron, entregó la documentación exigida y dijo:

—Ya verán. Eneá es maravilloso.

Pocos días después comenzó el nuevo curso y allá se fue Nicolás. Los primeros días los dedicaba el profesor a comprobar los conocimientos que tenían los alumnos, y cada dos por tres se lamentaba de lo mal que estaban.

Les preguntaba las cosas más raras que se le ocurrían, y los niños se esforzaban tanto por demostrar que no eran unos zoquetes, como el profesor se esforzaba en poner de manifiesto, que parecía mentira que hubieran llegado adonde estaban con lo poco que sabían.

El tercer día del curso, en la hora de matemáticas, el profesor mandó que cada uno escribiera la distancia que había entre las dos ciudades europeas que le asignó a cada alumno. Todos los trayectos eran distintos, para que no se copiaran unos de otros, «que no me fío yo de ustedes», les decía el profesor. Para hacerlo, tenían que consultar un cuadro en el que venían las distancias por carretera entre las distintas ciudades de Europa. Fue digna de verse la cara que puso una niña cuando le tocó buscar en la tabla la distancia entre Estocolmo y Londres, porque, aunque ya está construido el túnel por debajo del canal de la Mancha, le faltaban datos y túneles por todas partes.

Pero el asunto no acababa ahí, porque la distancia obtenida había que expresarla en ¡miriámetros! Y ahí fue donde empezó el lío en el que acabó por meterse Nicolás.

Él estaba acostumbrado a hablar de distancias, pues su padre viajaba mucho y rara era la noche en la que, al llegar a casa, no dijera cuántos kilómetros había recorrido y a donde había ido. En todos lados oía a la gente hablar de distancias en kilómetros. También había quien hablaba de distancias más cortas y entonces hablaba de tantos o cuantos metros. Algunos decían «como desde donde tú estás hasta donde estoy yo» o «como de aquí a aquel sauce» para hablar claro y que los entendieran perfectamente. Pero en su vida había oído hablar de los dichosos «miriámetros». Había leído un libro que hablaba de los miriápodos, que eran unos bichitos que tenían muchísimas patas. ¿Podría ser que hubiera que decir la distancia entre Budapest y París, que era la que le había tocado a él, en pasos de miriápodo? No parecía que se tratara de eso.

Se le ocurrió preguntar, pero en lugar de que en su imaginación se representara al profesor, que amablemente le aclaraba el asunto, lo que se le apareció fue la figura del profesor que le decía:

—Pero ¿cómo es posible que un muchacho de su edad —porque los trataba de usted y eso les producía mucho más miedo— no sepa lo que es un miriámetro? ¿Usted a qué centro iba el año pasado? ¿Cómo se atreve a decir la impertinencia de que en ningún lado se miden las distancias en miriámetros? Arréglese como pueda, que esto es una prueba de evaluación inicial, así que ponga lo que le parezca mejor...

Estas últimas palabras del profesor, que sonaron sólo en la imaginación de Nicolás, le decidieron a hacer justamente eso: arreglarse como pudo. Le preguntó a la niña que estaba sentada a su lado, y que se llamaba Társila, la solución a tan poco sensato problema, y la escribió en la hoja. Aquello era suficiente, porque, antes de recoger los trabajos, el profesor preguntó a unos cuantos la respuesta y se dio por satisfecho cada vez que le decían un número seguido de la palabra «miriámetros». Nicolás también se lo podía decir, pero no le preguntó.

El caso es que el asunto de los miriámetros lo dejó seriamente preocupado. A saber qué otras cosas raras le podían preguntar en aquella escuela, y se le encogió el corazón de pánico. Como se dedicaran a preguntarle todo lo que no sabía, podría llegar el día del fin del mundo sin dar una respuesta acertada. Fue entonces cuando tomó aquella decisión: marcharía de la escuela para no volver nunca más.

Había que preparar una estrategia bien meditada, pues, de lo contrario, poco habría de durar aquello. Durante el resto de la clase no hizo otra cosa que darle vueltas al asunto de no volver más a la escuela. Aprender aquello de los miriámetros era una tontería y una pérdida de tiempo. Seguramente, sin venir a la escuela, podría aprender a calcular las distancias que tuviera que recorrer de verdad y todas las cosas que le interesaran y le fueran haciendo falta...

Así que, a la hora de la salida, se dirigió al profesor y le dijo que ya no volvería más, porque sus padres tenían que irse a vivir a otro lugar y que lo tenían que cambiar de colegio. El profesor se lo tragó y le respondió que lo fuera a comunicar a secretaría.

Allá se fue Nicolás, con la sensación de que las cosas marchaban bien y aquello iba camino del éxito. Así sucedió. En la secretaría del centro tomaron nota y le entregaron una carpeta con todo su expediente para que la presentara en la nueva escuela, con lo que quedó «desmatriculado» y en disposición de irse para casa libre de toda obligación escolar, por lo menos mientras no se descubriera el asunto, y así van ya más de tres meses.

Es cierto que tiene buen cuidado de que nadie lo vea por la calle en horario escolar. Él se levanta como si se dispusiera a ir a escuela. Cuando todavía no ha desayunado, sus padres salen para ir a sus trabajos. Cuando regresan, se supone que Nicolás hace tres horas que salió de la escuela. Si por alguna rara casualidad uno de los padres no va al trabajo, él sale de casa como si marchara camino de sus obligaciones escolares. Entonces, tiene que pasar el día escondido, pero en Eiravella sobran lugares para hacerlo.

Todos sus compañeros y compañeras están convencidos de que va a una escuela de la ciudad, que ya él se había encargado de que tal cosa se corriera. Los profesores, cuando acaban las clases, montan en sus coches y se van corriendo. En Eiravella nunca se ha encontrado con ninguno de ellos.

De esos tres días de escuela le quedan sus tres amigos, Ramiro, Társila y Sol, y una sensación de sentirse siempre en peligro de verse descubierto que a él le produce una especial excitación.

2

Delio

De todos modos, si hay algo que distingue a Nicolás no es el hecho de no ir a la escuela, sino sus enormes ansias de aprender cosas; por eso, lo que más le fastidia de no ir es pensar si no estará perdiéndose algo interesante. Porque él tiene una curiosidad extrema y no repara en sacrificios para saber más: lee, pregunta, estudia y, por encima de todo, piensa. Les da continuamente vueltas a las cosas hasta comprenderlas.

Una de las cosas que Nicolás hace con cierta frecuencia es visitar a su tío Delio, una persona de lo más curioso.

Se trata de un hombre grande, gordo, de rostro colorado que vive en un vagón de tren y nunca sale de allí.

Ya hace bastantes años que regresó a Eiravella después de recorrer medio mundo, pero muy raras veces, y siempre de muy mala gana, habla de su pasado. Es medio hermano del padre de Nicolás y mucho más viejo.

Apareció por el pueblo y, al poco tiempo, llegó

un enorme camión cargado con un vagón de mercancías muy antiguo, de aquellos que tenían una especie de caseta en la parte delantera. Lo mandó colocar sobre unos tramos de vía que había hecho poner en una finca que había heredado de su madre y que todavía hoy queda en las afueras de Eiravella. Preparó el vagón como una vivienda: electricidad, agua corriente y, añadido, en la parte trasera, un cuarto de baño pequeño.

En cuanto se lo tuvieron listo se metió dentro. Se trata de una sola estancia de dimensiones tan reducidas, que parece imposible que un hombre como él se pueda mover dentro, y mucho menos cuando se comprueba que está llena de libros, artilugios rarísimos, aparatos de misteriosa función, raras colecciones de objetos extrañísimos... Lo tiene todo muy bien organizado: un rincón para la cama, otro, para la cocina, y el resto, para la zona de trabajo y de ocio, todo junto. Así es su reino, y pocas veces sale de él. La puerta no tiene cerradura ni pestillo, y quien quiera llamar a ella, sea de día o de noche, siempre escuchará la voz ronca que le dice: «¡Entre, que está abierto!»

Tuvo muchas dificultades para lograr que el ayuntamiento considerara aquello como una vivienda y le otorgara tal categoría para acceder a los servicios de electricidad y teléfono. Entonces fue la primera vez que los habitantes de Eiravella en general, y los funcionarios del ayuntamiento en particular, pudieron tener una muestra del genio de Delio. Gritó y les llamó de todo cuanto se le ocurrió. Cuando salía del despacho del alcalde, con un fuerte portazo, todo el mundo pudo escuchar cómo le llamaba «ahorcapollos».

Allí acude ahora, casi cada día, Nicolás. Para él fue un descubrimiento aquel tío que hacía unos años, antes de venirse a vivir a Eiravella, no sabía ni que existía. Nadie le había hablado de él, porque el padre de Nicolás y Delio, aunque son hermanastros, no se llevan nada bien. Parece ser que todo empezó por la ausencia de Delio en el entierro del padre de ambos. Pero su padre no le prohíbe al chico visitar a su tío cuando quiere.

Desde entonces el hombre se ha convertido en el mejor camino que Nicolás ha encontrado para aprender. No se atrevió a decirle que ya no va a la escuela. Él sólo le pregunta y se encoge de hombros cada vez que su tío le dice:

—Pero ¿esto no te lo enseñan en la escuela? Pero ¿qué clase de escuela es ésa a la que vas?

Y cosas por el estilo. Pero la suerte es que hace las preguntas sin esperar respuesta del muchacho, y se pone a ayudarle a buscar una solución para cada cuestión en la que se interesa Nicolás, o le da libros en los que encontrar lo que busca y le ayuda a comprenderlo. No es raro que a continuación añada algún comentario sarcástico sobre la escuela a la que supone que asiste Nicolás cada día.

En fin, que Nicolás encontró en Delio la información imprescindible para dar con los caminos que lo llevasen al conocimiento. Allí recogió los saberes matemáticos que permitían a Nicolás hacer los cálculos necesarios para entender qué se quería decir cuando leía cosas como tantos por ciento, intereses, valores absolutos y relativos, cohetes espaciales, etc. Delio siempre tenía un libro interesante con el que satisfacía sus curiosidades sobre el mundo y sobre el comportamiento humano. Delio, al principio, sólo le decía al muchacho dónde se podía aprender cada cosa, y cuando Nicolás necesitaba alguna aclaración, tenía que vencer la pequeña resistencia del hombre a dar explicaciones.

Porque, a todo esto, hay que tener muy en cuenta que Delio siempre pone por delante que los chicos no son la compañía que más le agrada. Dice que están muy lejos de ser seres angelicales. Con frecuencia, hace largas listas de razones para apoyar su teoría de que no son de fiar. La que más acostumbra a repetir es aquella en la que afirma que cuando se levantan de la cama ya están pensando en el modo de hacer cosas malas.

—Eso tendrás que preguntárselo a quien lo sepa —acostumbraba a responder Delio de entrada a las preguntas de su sobrino.

—¿Y tú lo sabes? —preguntaba siempre Nicolás a continuación.

—Desde luego que sí —y el hombre caía en la trampa.

—Pues entonces dímelo —atacaba el muchacho al mismo tiempo que acercaba una silla a la mesa, dispuesto a escuchar las explicaciones que Delio al fin le daba.

Nicolás no iba a la escuela, pero estaba continuamente aprendiendo y, gracias a sus amigos, llevaba cuenta de las cosas que estudiaban para hacerlo él también.

Ahora andaba a vueltas con un libro que le había dado su tío para leer; era *Alicia en el País de las Maravillas,* de Lewis Carroll, porque Delio siempre sostenía que había que leer cosas que te hagan pensar. «Si cada libro no te resulta un poco más exigente que el anterior, no avanzas nada», decía. Y así era, ya que éste estaba planteándole muchos problemas al muchacho. Porque Nicolás era un lector muy reflexivo, y en este libro encontraba cosas que lo desconcertaban, y algunas no lograba entenderlas por más vueltas que les daba. Así que agarró el libro, y las anotaciones que había hecho, y se fue a visitar a Delio, que todavía le daba tiempo de ir y volver antes de la llegada de su madre. De todos modos le dejó una nota en la que le decía dónde estaba.

Cuando llegó Nicolás, el hombre trabajaba aunque no lo pareciera, porque estaba plantado, cruzado de brazos, delante de un reloj de pie y lo miraba pensativo. Aquello era trabajar, porque Delio era relojero especializado en la restauración de relojes antiguos. Era muy apreciado en su oficio y le traían aparatos desde muy lejos, incluso desde el extranjero, que él arreglaba hasta devolverles su aspecto original. Para eso, muchas veces tenía que hacerles piezas de precisión que entrañaban gran dificultad. Pero disfrutaba más con su trabajo cuanta más complejidad le presentaba.

Nicolás entró sin llamar, como hacía habitualmente, posó el libro de *Alicia* y se sentó a esperar a que Delio le prestase atención.

—¿Qué te parece este reloj? —le preguntó el hombre al cabo de un rato y sin apartar la vista del objeto.

—Nada. No me parece nada. Mejor dicho, me parece un reloj como los otros que tienes a veces por aquí.

—Pues no, señor. Éste es un reloj muy especial. No es el más interesante que he visto, pero seguramente es el mejor reloj que vas a ver tú en tu vida, porque de éstos ya no hay ninguno que no esté en un museo.

—¡No me digas! —exclamó el muchacho, que ya le había contado a su tío varias veces que le gustaría aprender el oficio de reparar relojes antiguos.

—Ven. Acércate.

Nicolás se levantó y se colocó al lado del hombre. Delante de él tenía el mueble deteriorado. En varios lugares faltaba la chapa de madera oscura que cubría otra más veteada. Le faltaba una aguja y el cristal que cerraría una ventanilla circular por delante de la cual pasaría el plato del péndulo cuando anduviera. También estaba estallado el cristal que tapaba la esfera.

—Aquí donde lo ves es un reloj inglés seguramente hecho muy a finales del siglo XVII o comienzos del XVIII.

—¿Y te sabes todo eso sólo con mirarlo por fuera?

—Eso sin ponerle la mano encima, porque todavía hay que hacerlo hablar. Cuando empecemos a andar en él todavía nos dirá más cosas. Vete tú a saber si algún rinconcito de su interior nos dice que fue construido en el taller de Thomas Tompion, tal y como yo pienso ahora mismo. Pero, en fin, mañana ya veremos cuando nos pongamos con él.

—¿Dices «nos pongamos»? ¿Por qué? ¿Me vas a dejar que te ayude?

—Si quieres, en este reloj vas a ser mi ayudante, porque ahora ya estás de vacaciones, ¿no?

—Pues sí, mañana es el primer día —mintió Nicolás, ya emocionado con la idea de presentarse a primera hora del día siguiente en el vagón para ayudar a su tío—. ¿Vengo mañana por la mañana tempranito?

—Ven, y mañana empezaremos a mirarle las tripas a esta joya de la relojería antigua. Y ahora dime a qué has venido a estas horas.

—A nada, a hablar. Es que me está gustando mucho este libro que me has prestado, pero hay alguna cosa que no se entiende nada bien.

—Si sólo es alguna, no te quejes. Porque a mí me parece que hay muchas. Ya nada más empezar hay una que no tiene sentido. ¿Te has dado cuenta?

—No sé —dijo Nicolás mientras consultaba a toda prisa sus anotaciones—. ¿Aquello de que Alicia se cae por un agujero cuando se mete por la madriguera del conejo? Si llega al centro de la Tierra, ardería y habría desaparecido, ¿verdad?

—Cierto —dijo el hombre, mientras se sentaba en una silla que estaba arrimada a la mesa en la que su sobrino había posado el libro—. Pero podemos suponer que no llegó tan profundo. Son cosas que dice Alicia mientras va cayendo y que Carroll quiere ponerlas así porque en el tiempo en que él escribió el libro se especulaba mucho sobre un agujero que atravesara la Tierra por su centro y del que ya habían tratado hombres de mucho pensar y de mucho saber, como Plutarco, Galileo e incluso el mismo Voltaire. Lewis Carroll, en otro libro suyo que se titula *Silvia y Bruno,* habla de un tren que une dos ciudades pasando por el centro de la Tierra. Allí dice que ese tren haría el camino en el mismo tiempo en el que tardaría en caer un objeto por un agujero que atravesara nuestro planeta pasando por su centro: exactamente, cuarenta y dos minutos. Pero eso vamos a dejarlo para cuando leas ese libro. Yo me refiero a otra cosa que se dice un poco antes, cuando Alicia cae y agarra el bote de mermelada que está en la alacena de la pared del agujero y después lo coloca más abajo, en otro estante, porque tiene miedo de que caiga abajo del todo y mate a alguien. ¿A ti qué te parece?

—Que eso está bien, es lógico. Si lo deja en el aire, incluso le puede caer a ella en la cabeza, porque, como pesa más, llegará al suelo antes que el tarro.

—Pues no. En un estado normal de caída libre, el tarro seguiría siempre delante de Alicia. Caería a la misma velocidad que la muchacha, y tampoco lo podría dejar nunca en un estante por el camino porque su velocidad sería demasiado grande.

La conversación continuó durante un tiempo en el cual Delio le explicó a Nicolás lo que era la velocidad, la aceleración, la gravedad y otras cosas necesarias para que comprendiera lo que acababa de decirle.

Todavía estuvieron mucho tiempo hablando del libro de *Alicia,* que Delio hojeaba buscando fragmentos concretos. Se notaba que conocía muy bien aquella obra y, por eso, encontraba en seguida los capítulos que deseaba. Hablaron de la Falsa Tortuga y del Grifón, de la Reina de Corazones y del gato de Cheshire; especial satisfacción fue para el hombre hablarle a su sobrino del episodio de los relojes entre la Liebre de Marzo, el Sombrerero Loco, el Lirón y Alicia.

Pero, como se trataba de un capítulo al que todavía no había llegado Nicolás en su lectura, dejaron la explicación para más adelante.

—Entonces mañana, si vengo temprano, empezaremos a trabajar en este reloj.

—Sí. Éste va a ser el primer trabajo serio en el que vas a participar —dijo Delio.

Estaba refiriéndose al deseo que Nicolás había manifestado por conocer los secretos del oficio de relojero. Había dos cosas que lo encaminaron a este deseo: por una parte, la admiración que sentía por Delio. Aunque era un hombre considerado muy raro por sus convecinos de Eiravella, para Nicolás era un personaje que tenía algo de heroico. Le gustaba aquella manera suya de vivir de un modo distinto a como lo hacían todos.

La segunda razón que Nicolás tenía para querer hacerse relojero era la de que le parecía aquél un oficio muy bonito y de mucho mérito.

—¿Y qué le vamos a hacer de entrada? —se interesó el muchacho.

—Tenemos que empezar por hacerle muchas preguntas —continuó Delio—. ¿Quién lo hizo? ¿Cuándo? ¿Qué le sucede para no andar? ¿Cómo le vamos a arreglar tantas heridas como tiene en la caja? Y otras muchas antes de hacer ninguna otra cosa. Pero eso será mañana. Ahora será mejor que te marches, no vaya a ser que te riñan.

—Pues hasta mañana, Delio.

—Hasta mañana, Nicolás.

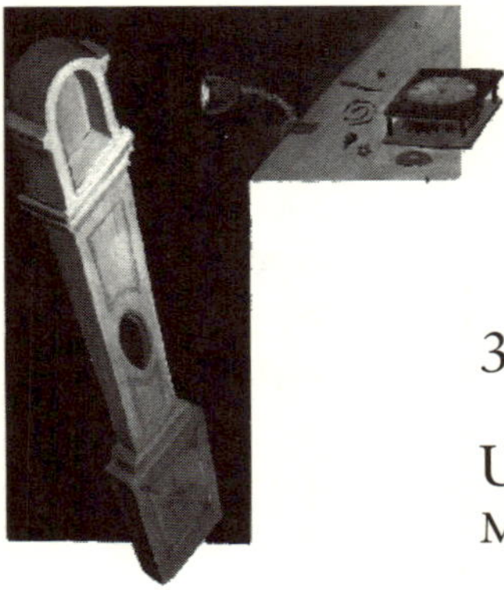

3

UN PAÑUELO CON MUCHA HISTORIA

Acababan de marchar sus padres cuando Nicolás salió de casa en dirección a la vivienda de Delio. Por el camino se encontró a Sol. Después de Ramiro, podría decirse que era su mejor amiga. Junto con aquél, era la única persona que sabía que Nicolás no iba a la escuela. El muchacho tenía toda la confianza del mundo en aquella muchacha de pelo largo y castaño, ojos grises y largas y flacas piernas. Sabía que era leal y, por eso, contaba con ella para todo.

—¿Adónde vas tan temprano? —le preguntó la chica.

—Es que a mí ya me han dado las vacaciones —respondió Nicolás guiñándole un ojo a su amiga— y voy a casa de Delio, que vamos a arreglar un reloj antiguo de mucho valor.

—Qué suerte, tú. Ya ves, yo a la escuela.

—Pero mañana es sábado y ya no hay clase. Por la tarde, cuando salgas, llámame y, si no estoy en casa, ven por el vagón, que seguro que todavía estamos trabajando.

—De acuerdo —dijo la muchacha—. Ahora me voy.

Sol continuó su camino hacia el colegio, mientras Nicolás torcía por detrás de la iglesia para, un poco más adelante, iniciar la subida que lo llevaba a donde estaba el vagón de su tío.

Cuando llegó, Delio acababa de extraer la maquinaria y la colocaba sobre la mesa.

—Hola, Delio. ¿Ya has comenzado a trabajar en el reloj?

—Sí, no te he esperado, porque todo esto ya me lo habías visto hacer multitud de veces y ya sabes perfectamente cómo hay que trabajar. Ahora vamos a saber si es cierto todo cuanto yo pienso de este aparato.

Se sentó el hombre delante de la mesa y empezó a examinar el mecanismo que ahora tenía delante de sí. Le daba vueltas con muchísimo cuidado, pero no utilizaba ninguna herramienta.

Permaneció largo rato en silencio. A Nicolás le hervía en la cabeza medio centenar de preguntas, pero no se atrevía a interrumpir las reflexiones del hombre, que de pronto se levantó y agarró una brocha, con la que empezó a limpiar el muchísimo polvo que cubría cada una de las piezas de la maquinaria.

—Confirmado que es un reloj inglés de Thomas Tompion, Nicolás. Fíjate en lo que pone aquí.

El hombre pasó la brocha con energía por dentro de la platina exterior y Nicolás pudo leer una inscripción que decía: *Thomas Tompion - London* y, debajo, *179*.

—¿Qué quiere decir 179?

—Es el número que identifica, en el registro del taller donde lo fabricaron, la fecha en la que la maquinaria fue programada.

—¿Y cuándo te parece a ti que sería?

—Para eso tengo que consultar datos de este relojero, incluso le tendré que escribir seguramente a algún colega, pero puedes estar seguro de que anda muy cerca del 1700, dos años arriba o abajo.

—¿Y por qué lo sabes?

—Por varias razones. En primer lugar, porque la mayoría de los relojes de este gran constructor son de esta época, pues él se murió en 1713.

—Desde luego que después de muerto no lo haría —dijo Nicolás.

—Pues no estés tan seguro, porque muchos talleres siguieron fabricando relojes después de muerto el maestro del taller, y sus discípulos seguían firmándolos con el mismo nombre, que era también el del maestro relojero.

—¿Y es un buen reloj?

—Tan bueno como cualquiera de los mejores que se pueda hacer hoy. Es una perfecta combinación de hierro y latón, con lo que disminuye considerablemente la fricción y el desgaste. Fíjate cómo las piezas de hierro trabajan sobre asientos de latón, que van remachados en el bastidor. Es un trabajo perfecto.

—¿Y ahora qué le vas a hacer?

—Espera, vamos a mirarlo más antes de tocarle nada. Fíjate, éste es el escape, la pieza fundamental de un reloj. Este escape es de áncora con retroceso, usado a partir de 1670, en que fue descubierto, hasta 1740 poco más o menos, en que ya se usan en los relojes de péndulo los escapes de clavija.

—¿Y qué hace el escape?

—El escape es, por así decirlo, el que mide el tiempo. Fíjate, es una ruedecita con dientes que por un lado siguen la dirección de los radios, pero por el otro son inclinados. Durante la oscilación, el diente se introduce entre las paletas de una pieza en forma de ancla que hace parar la rueda y, al mismo tiempo, la hace retroceder algo antes de soltarla. Así es como funciona.

Mientras Delio le explicaba estas cosas, movía la rueda de escape con el dedo y obligaba al mecanismo a hacer aquellos movimientos que iba diciéndole a su sobrino. Éste advirtió el entusiasmo que le producía al hombre el aparato que tenía delante.

—¿Es éste el reloj más interesante en el que has trabajado?

—No te lo sabría decir. Una vez, no hace mucho tiempo, tuve aquí un reloj hecho en 1787 por un cura que se llamaba Francisco Xabier Méndez y Neira, Ramil y Ladrido.

—¡Caramba, cuántos apellidos tenía el buen señor!

—Sí. Y fíjate qué apellidos más gallegos. Este hombre se dedicaba a fabricar relojes además de sus obligaciones sacerdotales. Y hacía todo: máquina, caja, péndulos... Aquel reloj era una verdadera joya. Además, funcionaba perfectamente después de más de doscientos años. Sólo tuve que limpiarlo y arreglarle algo la caja.

—¿Y éste?

—Todavía no lo sé, pero así a simple vista parece que algunos piñones tienen las paletas gastadas. Habrá que verlas bien después de desmontarlas. Y desde luego está rota la palanca de la contadera. Pero ahora vamos a ver cómo está la caja.

Se levantó el hombre de la silla en la que estaba sentado y se acercó a la caja que estaba de pie en medio del local, con su cara delantera contra la pared y la trasera hacia el centro de la estancia. Delio golpeaba con el puño en la madera.

—Aunque te parezca lo contrario, está bastante bien.

—¿Qué madera es? —preguntó Nicolás mientras golpeaba él también en el mueble.

—De dos. Está hecha de madera de roble y después chapeada en ébano. Éste ya era un reloj de mucho dinero en aquella época. Hoy vale una auténtica fortuna. Vamos a ver cómo está la madera por dentro, porque esta parte alta de la trasera ya la saqué antes para extraerle la maquinaria.

Delio, con mucho cuidado, pero sin gran esfuerzo, retiró una pieza de la parte trasera del reloj y quedó abierto el mueble en sus tres cuartas partes. En la parte inferior, otra pieza mantenía la caja cerrada hasta el suelo. Empezó a inspeccionarlo con mucho cuidado. Golpeaba con los nudillos en la madera de la caja. Metió el brazo dentro y golpeó en el fondo. Retrocedió unos pasos y miró el mueble. Se bajaba y se movía para observar la caja por los lados. Silbaba bajito.

—¿Qué sucede, Delio? —interrogó Nicolás.

—No sé. Ayúdame. Yo voy a tumbar algo la caja y tú miras por debajo a ver si tiene una tapa en el fondo.

Hizo Delio lo que acababa de decir y Nicolás, acostado en el suelo, examinó el mueble por debajo.

—Sí. Tiene una tapa aquí —habló Nicolás mientras la golpeaba.

—¿Y está muy pegada al fondo o hay una distancia entre el borde y la tapa? —le preguntó su tío mientras mantenía inclinada la caja del reloj.

—Habrá dos o tres dedos hasta el suelo.

—Está bien. Apártate que voy a volver a ponerlo de pie.

Cuando la caja estuvo otra vez de pie, Delio tomó de un estante una linterna, se acercó otra vez e iluminó el interior del mueble.

—Pues por aquí se ve una tapa que está situada a mayor distancia del fondo. Y además no es de roble —hablaba el relojero con la cabeza metida dentro de la caja del reloj.

—¿De qué es, pues?

—De castaño y eso quiere decir...

—¿Qué quiere decir?

—Que tenemos un doble fondo. Un doble fondo que ha sido hecho tiempo después de que se hubiese construido el reloj. Y además vamos a poder sacarlo ahora mismo, porque aquí hay dos cuñas que hacen de clavijas —hablaba con la cabeza metida en el hueco y su voz resonaba como el eco—. Lo que pasa es que no puedo abrirla.

Se puso otra vez de pie el hombre y se dirigió al mismo lugar donde había estado la linterna y agarró unas tenazas no muy grandes.

—Ven aquí, Nicolás. Ahora me vas a alumbrar tú mientras yo intento arrancar las cuñas que fijan la tapa del doble fondo.

Delio trabajó bastante rato con la cabeza y un brazo dentro de la caja del reloj mientras su sobrino mantenía la linterna por encima de su cabeza. El hombre dirigía los movimientos que el muchacho debía hacer para que le llegara mejor la luz. Sólo se escuchaba la respiración ruidosa del hombre, que suspiraba con el esfuerzo.

Cuando sacó la cabeza del interior de la caja tenía el rostro enrojecido, pero sonreía satisfecho mientras contemplaba una plancha de madera que tenía en la mano.

—¡Aquí está! Dame la linterna y vamos a ver si este doble fondo esconde algo, porque seguro que lo construyeron para eso, para esconder alguna cosa dentro.

Una vez más, el hombre metió la cabeza en el mueble.

—¿Ves? ¡Aquí está! —resonaba la voz de Delio—. Aquí hay una caja. La voy a sacar, si puedo, que es muy justa y está apretada contra la madera de los laterales del mueble. Por eso no sonaba cuando movían el reloj de un lado para otro.

Con mucho trabajo, el hombre consiguió extraer

la caja que se escondía en el doble fondo del mueble. Era una especie de cofre, con la tapa abombada, del tamaño de una caja de zapatos, aunque un poco más estrecha. Intentó abrirla, pero estaba cerrada con llave.

—Hay que abrirla, pero con mucho cuidado, no vaya a ser que la estropeemos.

Observó Delio con atención la cerradura y, acto seguido, se dirigió a la estantería de las herramientas y abrió un cajón en el que revolvió un poco. No tardó en volver a situarse delante del cofre con un manojo de llaves antiguas en la mano.

—Seguro que una de éstas abre. No es una cerradura complicada.

Fue probando varias hasta que una de ellas giró. Tentó la tapa y ésta se elevó para dejar ver el contenido de la caja. Delio miró sin tocar absolutamente nada. Nicolás, con los antebrazos apoyados en la mesa, estiraba el cuello para ver mejor el interior de la caja.

Delio, pasado un rato, empezó a extraer las cosas que había dentro del cofre. Al principio fueron unos papeles, que desplegó sobre la mesa. Eran cuatro, tres de los cuales contenían textos escritos en letra azul y el cuarto era un dibujo que representaba algo parecido a un sol.

—Estas tres son cartas —dijo Delio ajustando bien las gafas—. Sí, fíjate, son cartas de enamorados. Las tres comienzan del mismo modo: «Amor mío». Bien, veamos qué más hay. Ya las leeremos después.

Ahora sacó un envoltorio de tela, lo colocó sobre la mesa y empezó a abrirlo con mucho cuidado. Era un pañuelo. Un pañuelo de batista con un estrecho y fino encaje todo alrededor. En tres de sus ángulos, pequeños adornos florales hechos a filtiré, y en el cuarto, bordada en realce, una «S» muy primorosa. Ahora, desplegado en la mesa, dejaba ver lo que guardaba, un buen número de joyas de mujer: anillos, sortijas, pulseras, pendientes... Delio silbó.

—¡Fíjate tú lo que hay aquí! Alguien escondió las joyas en el doble fondo del reloj —dijo Delio mientras las extendía por toda la superficie del paño.

—¿Quién? —preguntó Nicolás.

—Y yo qué sé.

—Sería el dueño del reloj, ¿verdad? —dijo Nicolás, que siguió sin esperar la respuesta de su tío—. ¿Quién te trajo este reloj para arreglar?

—¿Qué quieres que te diga? Un hombre que no recuerdo cómo se llamaba. Por ahí debo de guardar el nombre y su número de teléfono. Pero no creo que haya sido él porque me dijo que lo había comprado hace pocos días, y esto lleva aquí años, no sé cuántos, pero muchos años.

—Pues, si lo compró, tendrán que ser del dueño anterior.

—Escucha, Nicolás. Antes de seguir dándole vueltas al dueño del contenido del cofre, vamos a ver qué más hay y qué dicen las cartas.

Delio sacó fuera las restantes cosas que había dentro del cofre. Eran siete monedas antiguas. Depositó todo sobre la mesa y empezó a mirar las monedas con atención. Eran siete duros de plata con la efigie del rey Alfonso XII.

—¿No hay nada más?

—No —respondió el hombre mientras agarraba el cofre en la mano y se lo mostraba a su sobrino—. Así que vamos a leer lo que dicen las cartas.

Tomó uno de los papeles y empezó a leer en voz alta:

«Amor mío:

Tus cartas siempre me han hecho mucho bien, pero más bien me hace el poder verte. ¿Por qué hace tanto que no vienes a verme? Podrías hacerlo el lunes. Ese día mi hermano se marchará de viaje por la mañana y no regresará hasta el martes, por lo menos.

Sólo así nos podemos ver. Desde el otro día en que estuvo aquí Sira, mi hermano me tiene muy vigilada. Siempre me busca y se pasa el tiempo con preguntas de adónde voy cada vez que me separo de él. Sira y él discutieron mucho en la biblioteca. Oí que ella le decía que tenía que resarcir a Salustia de la pérdida de su marido.

Por si quisieras que aprovecháramos para poder estar juntos un rato, yo, después de comer, iré a descansar a la orilla del río. Allí estaré a la espera del calor de tus caricias hasta que anochezca.

Con todo mi amor,

S.»

—Lo que tú decías, una carta de amor. Pero también de algo más, ¿no? —comentó Nicolás mirando a su tío—. ¿Y si leyésemos otra?

—Sí, vamos a leer ésta.

«Amor mío:

Nadie ni nada podrían evitar que me presentara delante de tu hermano si tú no me lo hubieras impedido con tus ruegos de que no haga cosa tal. Te digo esto para que sepas que serás mía cuando tú lo desees.

Es muy importante para mí lo que me dices de que ya sabes dónde poder encontrar el D-S. Ahora debes hacerte con él. Cuando lo tengamos y tú te quieras venir conmigo, ya no tendremos que preocuparnos más de tu familia y yo recuperaré lo que siempre me ha pertenecido: tú y el D-S.

El deseo de poseerlo no es por su valor, sino por conseguir sacarle al Pazo aquello por lo que murió mi padre. Fue tu hermano el que azuzó a Donicio. Sebastiana estaba delante y se lo contó a mi tía Sira, antes de morir, para descargo de su conciencia.

Recibe todo mi amor hasta que podamos estar ya juntos para siempre.

S.»

—Vamos a leer la tercera —dijo Delio, al mismo tiempo que agarraba el otro papel.

«Amor mío:

Todavía conservo en mis manos el calor de las tuyas; todavía canta en mis oídos la música de tus palabras. Todavía siento a mi alrededor como una luz que brilla, la que dejaron tus ojos al mirarme.

Vivo con la felicidad de estos recuerdos, pero también con el miedo de que me inunde el olvido y se me vayan borrando cuando pasa tanto tiempo sin verte.

Lamento haberte reprochado tu insistencia en que buscara ese D-S del que siempre se ha hablado en nuestras familias, pero que nadie parece haber visto nunca. Estoy poniendo la casa patas arriba y ahora ya sé algo: ¡existe!, y además tiene que estar en casa. Seguramente pronto te podré dar buenas noticias.

Mi cuñada desconfía un poco porque ayer me dijo que yo buscaba algo que estaba maldito; que tuviera cuidado y no fuera a revolver en muertes pasadas y ponerme a acusar a inocentes. Me dijo que me guardara de los Pimentel, que ellos habían matado a mi tío abuelo Dumio por algo que seguramente nunca existió.

Pongo todo mi interés en volver a verte. Cuando me sea posible, te lo haré saber.

Recibe todo mi amor.

S.»

—¿Qué opinas, Delio?

—No sé, chico, no sé.

—¿Y qué vas a hacer?

—De momento nada, porque es hora de que vayamos a comer. ¿Comes aquí o te vas a tu casa?

—Me voy a casa, que mamá me dejó la comida preparada y no le gustaría nada que no me la coma, pero después vuelvo.

—No te apures, que ya sabes que me gusta reposar un poco después de la comida. No te quiero ver por aquí hasta las tres y media o las cuatro.

—¿Y después ya sabrás lo que vas a hacer con las joyas y con las cartas? —preguntó Nicolás cuando se detuvo en la puerta para ponerse el abrigo.

Delio no le respondió y el muchacho se marchó camino de su casa.

4

LAS ANDANZAS DEL RELOJ

Por la tarde, Nicolás no pudo ir al vagón de Delio tan pronto como hubiera querido. Su madre le había dejado una lista de recados para hacer a la vuelta de la escuela.

Hizo los encargos después de comer, pero cuando consiguió acabar eran ya las cuatro y media de la tarde.

Cuando llegó al vagón Delio trabajaba en el reloj. Tenía toda la maquinaria prácticamente desmontada encima de la mesa y contemplaba con suma atención una pieza que tenía en la mano.

Nicolás se acercó y se sentó al lado del hombre. Permaneció un rato callado, pero no aguantó demasiado.

—¿Ya has pensado qué hacer con las joyas y con las cartas? —preguntó de repente.

—Todavía no. De momento voy a arreglar el reloj, que es mi obligación. ¿Ves? —le dijo mientras le mostraba una pieza que sostenía en la mano—. Ésta es la contadera, la que se encarga de que la sonería dé las horas.

Se trataba de una pieza circular que tenía el contorno dividido en hendiduras a distancias desiguales.

—Fíjate bien, que es muy fácil de entender cuando se presta un poco de atención. La sonería toca cuando esta pieza, que se llama palanca de la contadera, se sitúa aquí. Por eso la distancia entre todas ellas es distinta. En esta cortita da la una, en ésta que le sigue, que es un poco más larga, da las dos; aquí da las tres. En ésta, que es la más larga, y la palanca tarda más en pasar por ella, a la sonería le da tiempo a dar las doce campanadas.

Nicolás atendía a las explicaciones de su tío con interés, pero todavía tenía el pensamiento puesto en las joyas.

—¿Y por qué no intentamos saber de quién fue este reloj antes de que lo comprara el que te lo ha traído? A lo mejor así sabemos a quién pertenecen las joyas.

—Me parece a mí que a ti te interesa más el misterio de las joyas y de las cartas que la relojería. Está bien, vamos a buscar el papel donde he anotado el teléfono del dueño del reloj y lo llamaremos.

—¿Y no desconfiará si le preguntas directamente a quién le ha comprado el reloj?

—No se lo voy a preguntar directamente, pierde cuidado.

Delio se puso a revolver en unos papeles que tenía amontonados en un estante. Cuando hubo encontrado lo que buscaba, se dirigió al teléfono y marcó el número.

—¿El señor Bouza? —preguntó por el aparato—. Hola, buenas tardes, soy Delio, el relojero. Le llamo porque ya sé más o menos lo que hay que hacerle al reloj.

Continuó un buen rato dándole al cliente toda una serie de datos técnicos sobre el reloj.

—Va a ser un trabajo que me va a llevar su tiempo y seguramente tendrá un costo algo elevado, pero vale la pena, porque se trata de una pieza de mucho interés y de mucho valor. Yo conozco a una docena de coleccionistas, e incluso algunos museos, que estarían dispuestos a pagarle una buena cantidad de dinero por este reloj.

Ahora le daba al dueño las características históricas del reloj.

—Por cierto, ¿a quién le ha comprado usted esta maravilla? —preguntó a continuación y permaneció un rato largo a la escucha de la respuesta que le daban por el teléfono—. Muy bien, pues entonces quedamos en que yo mismo lo llamaré cuando lo haya acabado de arreglar.

Volvió a guardar silencio Delio, para seguir después con la conversación, pero en esta ocasión ya un poco enfadado.

—No es en absoluto de mi agrado que los dueños de los relojes vengan a husmear en mi trabajo, como si se tratara de visitar a un pariente hospitalizado. Usted es muy libre de llevarle el reloj a otro relojero, pero sepa que yo no soy amigo de visitas. No, si no me enfado. Simplemente le digo cuáles son las condiciones en las que yo acepto o no un trabajo. Llamar, puede usted llamar cuando quiera. Que le vaya bien.

—¿Qué te dijo? ¿A quién le había comprado el reloj? —se impacientó el muchacho.

—El que le vendió el reloj tampoco es el dueño de las joyas. Se lo compró a un anticuario de la ciudad.

Nicolás permaneció callado. Aquello no le parecía ninguna buena noticia. Él contaba con saber ya a quién pertenecían las joyas y quién había sido la persona que había escrito las cartas.

—Entonces no podremos saber nada.

—En realidad sí. No hay más que ir a hablar con el anticuario, pero conmigo no cuentes para ir a la ciudad. Así que será mejor que nos apliquemos en arreglar el reloj y después ya veremos qué hacemos con el asunto de las cartas y el contenido del pañuelo. Estoy pensando que lo mejor será volver a poner todo en el doble fondo y quien lo encuentre que le vaya bien.

Nicolás permanecía en silencio mientras su tío hablaba. Estaba pensativo y se sentía desilusionado.

—Claro —dijo al cabo de un rato—. Si tú no quieres ir, no hay gran cosa que hacer. Y eso que a mí me gustaría mucho saber quién ha puesto ahí esas cosas.

Delio se sentó nuevamente delante de la mesa y prosiguió su trabajo con la maquinaria.

—Puedes estar absolutamente seguro de que yo no voy a ir a ninguna parte —dijo—. Ahora bien, si quieres ir tú...

—¿Tú crees que si voy yo a hablar con el anticuario me va a decir quién le vendió el reloj?

—Seguro que sí. Yo conozco al anticuario, le compro muchas cosas que necesito para mi trabajo. Piezas de relojes y maderas viejas para las cajas. Un día de estos voy a tener que hablar con él para que me busque algún trozo de ébano para esta caja. Si tú quisieras ir a llevarle una carta mía, podrías preguntarle de paso quién le vendió este reloj.

—¿De verdad? —dijo Nicolás recobrando el entusiasmo.

—Sí, hombre, sí, que yo también quiero saber algo de las andanzas de este chisme, siempre que no tenga que andar yo de la ceca a la meca. ¿Tienes algún amigo de toda confianza que te pueda acompañar?

—Sí. ¿Cuántos pueden venir conmigo?

—Los menos posibles. Los chicos difícilmente podéis evitar andar predicando todo lo que sabéis y no conviene que la historia se airee demasiado.

—Podríamos ir Ramiro y yo. El caso es que lo dejen ir solo conmigo y, claro, como él no sabe mentir, que no consigo que aprenda... Ya veremos cómo hago. Podemos llevar también a Sol. Ésa sí que es legal. Y no cuenta nada aunque la torturen metiéndole palillos encendidos entre las uñas.

—¡No es para tanto, chico! —exclamó el hombre—. Pero, a ver, acaba. ¿Cuántos iríais?

—¡Tres!

—Está bien, id. Voy a escribir la carta y mañana se la llevas al anticuario. Oye, ¿y no os iréis a perder por la ciudad? A ver si ahora nos vamos a meter en un lío por culpa de todo esto.

—Descuida. Estamos cansados de andar por allí. ¿Qué te crees? ¿Que somos todavía niños de teta o qué?

Delio no le respondió. Tomó un papel y comenzó a escribir. En la carta le describía al anticuario con mucho detalle el reloj y las piezas que necesitaba, por si él podía proporcionarle alguna. Le hablaba de la madera que necesitaba para la caja y, finalmente, le presentaba al portador de la carta. Lo hacía diciéndole que se trataba de un sobrino suyo al que se le había ocurrido investigar la historia de aquel reloj y le pedía su colaboración en aquel asunto del chico, rogándole que le facilitara toda la ayuda que estuviera en su mano.

Nicolás salió del vagón ilusionado y feliz con el inicio de lo que él creía que iba a ser una aventura apasionante.

Se marchó de prisa a casa de Ramiro, que acababa de llegar de la escuela. Le explicó, después de hacerle jurar que guardaría el secreto, toda la historia del hallazgo del doble fondo del reloj y de su contenido. A continuación le hizo la propuesta de que lo acompañara a la ciudad para entrevistarse con el anticuario.

Ramiro estuvo de acuerdo. También a él le parecía observar allí una aventura, pero tal y como había predicho Nicolás, pensó que sus padres no le dejarían ir si iban los dos solos. Claro está, tampoco estaba dispuesto a mentir, así que acordaron de inmediato que también iría Sol. Además, sería la persona ideal para sonsacarle al anticuario, pues a ella siempre se le ocurrían las preguntas más interesantes. Sería bueno no tener que arrepentirse por no haberle preguntado esto o aquello. Porque Sol es una chica muy decidida, pero, al mismo tiempo, es reflexiva y nada impulsiva.

Tomaron el primer autobús de la mañana y llegaron a la ciudad cuando los comercios comenzaban a abrir. Fueron directamente a la tienda de antigüedades, que quedaba a media hora de la estación de autobuses.

Aunque ya habían hablado del asunto la tarde anterior, repasaron cuáles deberían ser las preguntas que tenían que hacer y cuáles los datos que deberían obtener.

Llegaron al comercio y Nicolás le entregó la carta al dueño. Éste la leyó con toda la calma del mundo. A los muchachos les pareció que lo había hecho un par de veces.

—¿Quién de vosotros es el sobrino de Delio?

—Yo —se adelantó Nicolás a responder.

—¿Y qué quieres saber de este reloj?

—¿Quién se lo vendió a usted? —preguntó Nicolás de repente sin atender, o sin recordar, las advertencias de Sol de que no fuera directamente al grano.

—Fue uno de mis proveedores de muebles. Yo tengo contacto con compradores que se dedican a andar por los pueblos comprando cosas viejas y ellos me ofrecen lotes completos o cosas sueltas.

—¿Y el reloj le vino en un lote o lo escogió usted a propósito? —ahora era Sol la que preguntaba.

—Escogí varias piezas de aquel lote, pero no todo lo que había comprado Venancio. Traía mucha morralla que podría valer para los comercios de compraventa o para el rastro, pero que a mí no me interesaba.

—¿Así que usted, nada más ver un reloj como éste, ya sabe que es una pieza de valor? ¿Dónde aprendió tanto sobre muebles antiguos? A mí me gustaría mucho saber de eso —Sol había hecho la segunda pregunta cuando se dio cuenta de que la primera era demasiado directa.

—Mujer, yo no sé tanto de relojes como el tío de éste. Pocos hombres habrá en Europa que sepan tanto como él. Sin embargo, de este reloj me bastó con ver el mueble para darme cuenta de que era una buena pieza. Este oficio lo aprendí poco a poco a lo largo de toda mi vida, que es como se aprenden las cosas como Dios manda. Claro que también hay que decir que Venancio sabía que la pieza era buena, por eso me la cobró bien.

—Entonces, el hombre que se lo compró a usted pagaría mucho por él, ¿verdad?

—Digamos que, después de pagarle la restauración a tu tío, va a estar en posesión de uno de los mejores relojes de pie que se pueden tener, pero le va a salir por una cantidad muy respetable. Sin embargo, también hay que decir que podrá venderlo cuando quiera ganándole una buena cantidad de dinero.

—¿Entonces, usted no sabe quién se lo habrá vendido a Venancio? Porque nosotros lo que queríamos era saber algo de la historia de este reloj. Nos gustaría saber cómo llegó aquí un reloj inglés construido en 1700 —era la primera vez que intervenía Ramiro en la conversación, pero él siempre prefería los datos concretos y acabar de una vez, especialmente cuando no se sentía a gusto.

—Eso sí que no os lo voy a poder decir, porque no lo sé.

A Sol aquello no le parecía suficiente obstáculo. Si él no lo sabía, habría que ir a preguntarlo.

—Pues tendremos que ir a hablar con el Venancio ese para saberlo. Eso si usted nos quiere decir dónde vive.

—No hace falta, mujer. Podemos llamarle por teléfono.

—El caso es que esté en casa a esta hora —dijo Nicolás.

—Eso no es problema, muchacho. Éste es de los que llevan el teléfono colgado del cinturón como los vaqueros el revólver. Ya verás.

Se metió el anticuario dentro de una pequeña oficina que tenía al fondo de la tienda. Allí marcó un número de teléfono y poco tardó en comenzar a hablar.

Los chicos entretuvieron la espera mirando los muebles antiguos que había en el comercio. Se reían como locos cada vez que le miraban el precio a alguna mesa completamente llena de golpes o a algún candelabro todo abollado.

—Fijaos, alguien se ganó un sopapo por darle un golpe a este cajón y ahora la cómoda cuesta casi un millón de pesetas.

Poco tardó el anticuario en regresar a donde estaban los chicos. En la mano traía un papelito.

—Aquí tenéis el nombre de la persona que le vendió el reloj a Venancio. También os he anotado la dirección.

—¿Y es aquí donde estaba el reloj? —preguntó Sol.

—No —le respondió el anticuario—. Los muebles estaban todos muy cerca de vosotros, porque estaban en Eiravella. Allí, en alguna casa vieja, fue donde los localizó Venancio.

—¿En qué casa? —preguntó Nicolás.

—Eso sí que no lo sé. No se me ocurrió preguntárselo. Pero, mira, os voy a anotar aquí el teléfono de Venancio y lo llamáis de mi parte. Él os dirá todo cuanto queráis saber, en el caso de que ya no quede nada que a él le pueda interesar, porque, de lo contrario, no le sacáis nada ni así lo moláis a palos. ¡Bueno es él para husmear los buenos negocios! Y ahora ¿queréis saber algo más? Porque yo tengo que trabajar.

Aquello estaba claro que era una señal de que el anticuario daba la conversación por finalizada. O no tenía más que decir o ya no quería. El caso es que los estaba invitando a irse.

Y eso fue lo que hicieron. Se despidieron, le agradecieron al anticuario su ayuda y salieron del comercio.

En cuanto pusieron un pie en la acera, los tres amigos hicieron un corrillo para leer el papel que el señor de la tienda de antigüedades le había dado a Nicolás.

El papel ponía:

«Sonia Freire de Silvela Covadoso
Calle Ferreiro Galván, 15
Teléfono 393191»

También estaba escrito el número de teléfono de Venancio.

—¿Y ahora qué hacemos? —preguntó Sol—. Porque parece que, si queremos seguir adelante, tendríamos que hablar con esa mujer de tanto apellido.

—¿No estarás pensando en presentarnos en casa de esta señora para preguntarle de dónde le ha venido el reloj que vendió? —interrogó Ramiro como asustado.

—¿Y por qué no? ¿Qué daño le hacemos? —respondió la muchacha—. Lo peor que puede pasar es que no nos quiera responder.

—Sol, ¿a ti nadie te ha dicho que hay preguntas que no se deben hacer? Pues ya ves, hay casos en los que, cuando te responden «¿a ti qué te importa?», tienen mucha razón.

—Tranquilos —intervino Nicolás cortando la respuesta que parecía tener preparada Sol—. Pensemos qué debemos hacer. Creo que lo mejor será llamar por teléfono.

—¿Para decir qué? —preguntó Ramiro—. Porque el caso no es llamar, que eso puede hacerlo cualquiera, sino qué es lo que vamos a decir.

—Ya está bien de echarse para atrás, Ramiro —le dijo Sol—. Siempre estás retrocediendo, como si no te interesara saber de dónde vino el reloj.

—¡Alto ahí! —se enfadó Ramiro—. A quien le interesa es a éste, y, como es amigo mío, yo estoy dispuesto a ayudarle, pero lo que es el reloj me tiene completamente sin cuidado. Ni siquiera he llegado a verlo nunca. ¿Vale?

—¡Ya sé! —exclamó Nicolás—. Le vamos a preguntar en dónde está la casa en la que Venancio consiguió los muebles. Le decimos que estamos haciendo un trabajo para la escuela sobre las casas antiguas de Eiravella.

—Tú todo lo arreglas con una bola, Nicolás —dijo Ramiro—, y las mentiras no hacen más que enredar las cosas.

—Y tú ya podrías aprender a mentir algo, aunque sea poco, y así te evitarías alguna bronca de tu madre —le replicó Nicolás.

—No, gracias, prefiero seguir diciendo la verdad. Después de la bronca quedo más a gusto de lo que estaría sólo de pensar que me podrían pillar.

Sol no hacía caso a la discusión entre los dos amigos. Durante la conversación habían seguido andando y ahora estaban delante de una cabina telefónica.

—Voy a llamar yo —dijo Sol—. Ya veréis cómo me entero de todo. ¿Tenéis monedas?

Nicolás sacó del bolsillo unas cuantas monedas. Abrió la mano y Sol escogió dos de cinco duros. Se acercaron los tres a la cabina y Nicolás le fue dictando a la muchacha los números de teléfono mientras ésta iba marcando. Esperaron un rato todos en silencio y Sol comenzó a hablar.

—¿Doña Sonia Freire de Silvela?... ¿Ah, es usted? Buenos días. Soy una chica de Eiravella y me han mandado hacer en el colegio un trabajo sobre las casas viejas, quiero decir, antiguas, de Eiravella y me dijeron que usted tenía una casa aquí, ¿es cierto?... Me lo dijo un amigo de mi padre que le compró unos muebles viejos no hace mucho... Ya... ya... Pues muchas gracias... Me llamo Sol... Muchas gracias. Si me hace falta alguna otra cosa, la volveré a llamar.

—Ya está. Se acabó el trabajo aquí. Hay que regresar a Eiravella. Allí es donde están todas las respuestas.

—¿Pero qué te dijo? —preguntó Ramiro

—No existe tal casa vieja.

—¿Cómo que no hay casa vieja? ¿Y lo que dijo Venancio? —habló Nicolás, desconcertado por lo que decía Sol.

—Lo que hay es una capilla vieja. La capillita que está en el patio y que tiene una entrada por el muro del Pazo. Allí estaba el reloj y las otras cosas que compró Venancio.

—¿Y de dónde le habían venido a ella, a la mujer esa con la que acabas de hablar? —era Ramiro el que ahora interrogaba a Sol.

—No eran de ella. La capilla tampoco es suya; todo es de un hermano suyo, y el Pazo, también.

Quedaron los tres callados y pensativos y siguieron andando por la acera en silencio.

—Pues lo que hay que hacer es regresar a Eiravella y hablar con Delio, a ver qué hacemos ahora —dijo Nicolás.

—Tenemos que saber cómo fue a parar el reloj a la capilla —dijo Ramiro.

—¿Tomamos algo antes de irnos? —preguntó Sol.

—Sí —contestó Nicolás—, pero en la estación de autobuses. Venga, vámonos.

5

El Pazo

Nicolás consiguió convencer a sus amigos de que sería mejor dejar para la tarde la idea de Sol de ir los tres a hablar con Delio. Él sabía lo poco que le gustaban a su tío las visitas, y menos todavía si eran de muchachos. Con frecuencia repetía aquello de que los chicos no eran tan angelitos como se dice y que a él no le producía ningún entusiasmo su presencia.

Sabía Nicolás que si aparecía en el vagón con Sol y Ramiro, sin haberlo avisado antes, iba a poner mala cara. Y eso si no los echaba a los tres fuera con cajas destempladas.

Así que, al llegar a Eiravella y antes de ir a comer, se fue él solo hasta el vagón. El hombre trabajaba afanosamente en el reloj.

—¿Qué? ¿Cómo os fue por la ciudad?

—Nos fue bien. Pero te vas a quedar «pasmao» cuando sepas la procedencia del reloj.

—¿Y de dónde ha venido?

—De aquí, de Eiravella.

—¿De Eiravella? —se asombró Delio—. ¿Y de quién?

—De quién, no lo sé. Sé de dónde. De la capilla del Pazo. Allí fue a buscarlo, junto con otros muebles viejos, un tal Venancio.

—¿Y quién se lo vendió al Venancio ese?

—Una mujer que es hermana del dueño del Pazo.

—Ya sé. El dueño del Pazo es Diego Freire de Silvela, que vivía fuera..., no sé, en Madrid. Y es cierto que tenía una hermana por lo menos.

—... Covadoso.

—¿Cómo?

—Freire de Silvela Covadoso. Ésos son los apellidos completos. La hermana se llama Sonia.

Delio se quedó callado por un momento. Él siempre hacía grandes silencios en sus conversaciones. Nicolás no sabía qué hacer mientras tanto, pero se había acostumbrado a esperar con paciencia. El hombre se levantó de la silla en la que estaba sentado cerca de la mesa. Dio unos cortos pasos por el escaso espacio libre que había en el vagón y fue a detenerse delante de Nicolás, que esperaba que manifestara lo que estaba pensando.

—Así que el reloj era del Pazo. Porque de la capilla no podía ser.

—¿Y por qué no podría ser de la capilla?

—Ahora te lo digo. Esa capilla pertenece al Pazo y está dedicada a san Desiderio, abogado contra la fiebre, y yo he estado muchas veces en ella de pequeño. Recuerdo perfectamente al santo vestido de obispo y con la cuerda en la mano.

—¿Con la cuerda en la mano?

—Sí, porque a san Desiderio, que fue obispo de

Viena en el siglo VII, lo ahogaron con una cuerda. Había tenido muchos enfrentamientos con la viuda del rey Sigisberto de Borgoña, Brunilda, y ésta consiguió que lo mandaran lapidar, pero, como no murió a causa de las heridas que las piedras le habían producido, lo ahogaron; por eso su imagen lleva una cuerda.

—Mucho sabes tú de vidas de santos para lo poco que vas a la iglesia.

—He leído muchas siendo niño. Las encontraba muy divertidas. Por cierto, a Brunilda después le ataron cada pie y cada mano a cuatro caballos salvajes y, cuando los caballos salieron a galope en distintas direcciones... Ya te puedes imaginar cómo acabó la viuda.

—Y volviendo al asunto, ¿por qué dices tú que el reloj no era de la capilla?

—Porque no estuvo nunca allí. San Desiderio alcanzó tanta fama de milagroso que el dueño del Pazo, por aquel entonces debía de ser el padre de don Dalmacio, que éste es el último que recuerdo en el Pazo cuando yo era muy pequeño, mandó abrir una puerta hacia el exterior de la finca para que pudiera entrar la gente que venía a pedirle gracias al santo. Y allí no había reloj de ningún tipo, porque yo lo habría visto. Por consiguiente, el reloj estaba en el Pazo. Pero todavía hay otra cosa.

—¿Cuál?

—Las cartas. Las he estado examinando bien. Dos son de la misma persona, pero la otra no.

—¿Y eso qué quiere decir?

—Pues quiere decir que una de las personas que escribía las cartas no las envió o se quedó con copias. Por eso, estas dos cartas, que son de la misma persona, tienen tachaduras, lo que me hace pensar que son simples borradores. No quería deshacerse de ellas, pero al mismo tiempo tenía miedo de que alguien las pudiera ver y por eso las escondió.

—¿Y qué vamos a hacer ahora?

—Pues ahora hay que ir al Pazo, no sé muy bien a qué, pero allí tiene que estar la solución, porque seguramente existen más cartas, que estarán escondidas en otros lugares como estaban éstas dentro del reloj. Ahora ya soy yo el que quiere saber de dónde viene todo esto.

—¿Así que vas a ir al Pazo?

—No, yo no voy a ir a ninguna parte. ¿Qué tal son esos amigos tuyos que te han acompañado a ver al anticuario?

—Buenos chicos. Chavales legales.

—¿No serán muy alborotadores o de ésos que complican las cosas cuando van a algún sitio?

—Ya te he dicho que son buenos chavales. De los buenos de verdad.

—Pues tráelos aquí a primera hora de la tarde, que vamos a elaborar un plan completo de actuación. Pero, ya sabes, mucho cuidado con que se entere de esto nadie más.

Se marchó Nicolás feliz por lo bien que le estaban saliendo las cosas. No le hizo falta ser él el que le insinuara a Delio la conveniencia de que Sol y Ramiro estuvieran también en el ajo de lo que él vislumbraba, un poco exageradamente, como una aventura fantástica.

Por la tarde se presentaron los tres en el vagón. Nicolás les había explicado muy detalladamente cómo tenían que comportarse para no provocar el genio de su tío: no tocar absolutamente nada, hacer sólo las preguntas necesarias, respetar los largos silencios del hombre, no chillar ni hablar todos al mismo tiempo...

El muchacho hizo la presentación de sus amigos y todos se colocaron en torno a la mesa, Delio sentado y los chicos de pie. El hombre tenía delante unos papeles, que miraba de vez en cuando mientras hablaba.

—Primero vamos a ver lo que tenemos. Tenemos un reloj inglés del siglo XVIII que vale una fortuna, tirado en medio de unos muebles viejos en la capilla de san Desiderio. Dentro del reloj hay un pañuelo que envuelve joyas, monedas y tres cartas. Dos de éstas están escritas por la misma persona y son copias o borradores de las que en realidad se le enviaron a un destinatario que desconocemos. La tercera parece ser la respuesta a algunas de las que envió la persona anterior.

»Son tres cartas de amor, pero no sólo de amor, porque hablan de problemas familiares, incluso de muertes y de algo que, parece ser, todos buscan: el D-S. ¿Qué es el D-S? No lo sabemos, e incluso hay quien dice que nunca existió. Desde luego es algo de mucho valor. También tenemos un dibujo en forma de sol. Y eso es todo. No tenemos nada más, a no ser unas ganas enormes de saber qué se esconde detrás de todo esto, ¿no?

—Justamente. Ahí es donde estamos —habló Sol—. ¿Y qué le parece a usted que debemos hacer ahora?

—Espera, espera. Primero tenemos que saber qué es lo que buscamos.

—Saber quién escribió las cartas —dijo Nicolás.

—En principio sí. Después ya veremos dónde nos lleva esto. Las cartas llevan todas la misma firma, una S.

—¿Sonia? —preguntó Sol.

—No lo creo —respondió Delio—. He estado pensando que los actuales dueños del Pazo son mucho más jóvenes que yo y las cartas son más antiguas, aunque no mucho. Calculo que de principios de siglo. ¿Cómo podríamos saber algo de los dueños del Pazo? De los actuales y de los anteriores.

Fue Sol la primera que habló:

—Podemos ir a preguntárselo a los caseros. Los de Abade son los que cuidan el Pazo todo el año.

—Bien. Eso está bien. Vais a hablar con ellos —dispuso Delio.

—El padre de Társila es historiador y sabe sobre Eiravella todo lo que hay que saber —dijo Ramiro—. Estoy seguro de que sabe muchísimas cosas sobre el Pazo.

—También ésa es una buena idea. Vosotros dos vais a hablar con los caseros —dijo Delio señalando a Sol y Nicolás—, y tú, Ramiro, vas a hablar con el historiador.

—¿Y qué le preguntamos? —le interrogó Ramiro.

—Lo que necesitamos saber: de quién es el Pazo ahora, de quién lo heredó, cuánto tiempo hace que no vive nadie en él habitualmente, qué reformas se hicieron y cuándo... Cosas de este estilo. Vosotros preguntad todo lo que se os ocurra.

—Ya sabéis —dijo Nicolás—. Estamos recopilando datos para un trabajo de la escuela.

—¡Ésa sí que es buena! —exclamó Ramiro—. Le voy a decir yo al padre de Társila que tengo que hacer un trabajo y ella no, aunque va a la misma clase que yo. Tú no estás bien de la cabeza.

—Oye, Ramiro —cortó Sol—, tú dile lo que te dé la gana, pero ten mucho cuidado.

—Yo le voy a decir la verdad.

—¿La verdad? —gritó Nicolás—. ¡Tú estás mal del tarro! Pobre de ti si se te ocurre contarle al padre de Társila lo del reloj.

—No le voy a decir lo del reloj. Le voy a decir que quiero conocer la historia del Pazo, y ésa es la verdad, por lo menos si no le digo para qué. ¿Vale, listo?

—Pues, venga, en marcha —dijo Delio—, que yo tengo que trabajar. Y no os quiero volver a ver por aquí hasta el anochecer, que, si os tengo dando vueltas a mi alrededor, no hago nada.

La llamada casa del Abade de Eiravella está enfrente de la fachada principal del Pazo. Es una amplia construcción de piedra hecha a cuatro aguas, que fue residencia del capellán del Pazo mientras lo hubo. Ya hace muchos años que habitan en ella Celso y Veneranda, llamados los caseros del Pazo, aunque éste no es su cometido, sino el de cuidadores y guardas.

El Pazo de Eiravella es una edificación de dos cuerpos unidos en forma de ele que encierran un patio rodeado por delante por un muro de piedra no muy alto, y por la capilla. Después de ésta, el muro continúa hasta rodear la finca completa. Todo él tiene dos plantas, excepto la torre, que, situada en el Sudeste, tiene tres. Al patio dan cuatro puertas: la principal, situada en la fachada que da al naciente y coronada por un copete muy trabajado que contiene en el centro un blasón; y otra situada en la fachada norte, también coronada por un copete. Sobre ella existe una amplia balconada. Además, hay otras dos más pequeñas, una en cada fachada. La del naciente, situada muy cerca del ángulo que forman los dos cuerpos, está flanqueada por dos contrafuertes.

Todo él es de piedra y la torre está almenada. En el tejado de teja del país se ven tres chimeneas. En las dos esquinas que dan al patio hay dos meritorios balcones en chaflán sostenidos por modillones cónicos.

Sol y Nicolás llamaron a la puerta de la casa del Abade, que estaba abierta. Al fondo del pasillo apareció Veneranda, que salía secándose las manos con un paño.

—¡Hola, chicos! ¿Qué queréis?

—Es que teníamos que hablar con usted de una cosa —dijo Sol.

—Pasad, chicos, no os quedéis en la puerta.

Entraron los dos y siguieron a Veneranda hasta un pequeño comedor situado a la izquierda del pasillo.

—¿Qué sucede?

—Resulta que nos han mandado en la escuela hacer un trabajo sobre el Pazo —comenzó a hablar Nicolás—, y habíamos pensado en venir a preguntarles a ustedes algunas cosas que no sabemos.

—¡Ay, hijos míos! Poco os podré decir yo. Pero, venga, preguntad lo que queráis. Y sentaos, que os voy a dar unas galletas. ¿Tú no eres la hija de Aurora de Picos?

—Soy la nieta.

—Claro, claro, la nieta. ¿Y de quién eres hija?

—De Aurora. Mi madre se llama como mi abuela.

—Pues tu abuela fue la chica más guapa de su época. Y tu abuelo, que en paz descanse, el mejor mozo que he visto en mi vida. Nunca hubo en Eiravella una pareja tan bien conjuntada. Daba gusto verlos bailar aquí mismo, delante del Pazo, cuando todavía no eran más que dos chiquillos muy jóvenes.

Veneranda también quiso saber de quién era hijo, y nieto y biznieto y tataranieto... Nicolás. Les trajo galletas sin dejar de hablar. A duras penas conseguían los chicos colar sus preguntas. Pero, gracias a eso, también Sol podía tomar nota más detallada de las respuestas.

En medio de la charla llegó Celso, que venía del Pazo. No intervino en la conversación, a no ser que su mujer le pidiera algún dato que ella no recordaba, y aun eso lo hacía con el menor número de palabras posible.

Los muchachos habían quedado citados en casa de Ramiro para ir al vagón de Delio a continuación.

—Existe un problema —dijo Ramiro con la cabeza baja.

—¿Qué problema? —preguntó Nicolás casi gritando, como si esperase una catástrofe.

Ramiro permaneció callado un instante antes de responder, mientras buscaba en su cabeza la mejor manera de decirle a su amigo de qué problema se trataba.

—Que va a venir Társila.

—¿Cómo que va a venir Társila? ¿A qué?

—Quiere venir con nosotros.

—¿No me digas que fuiste tan estúpido de largarlo todo?

—No largué todo, no. No le conté nada. Lo que sucede es que no es imbécil y, como me vio tomar tantas notas de lo que su padre me iba diciendo, se mosqueó y no hacía más que preguntarme para qué quería saber tantas cosas de la gente del Pazo.

—¿Y tú qué le has dicho?

—Pues que no le podía decir nada sin hablar antes con vosotros, que era algo que estábamos haciendo juntos.

—Definitivamente, tú eres idiota, Ramiro —gritó de nuevo Nicolás.

—Ya sé. Tú habrías preferido que le hubiera metido una bola como las que tú te inventas.

—Desde luego que lo habría preferido. Bien, ahora ya está. ¿Y qué hacemos?

—Pues habrá que contarle toda la verdad. Ahí la tenéis.

Efectivamente, por la acera se acercaba una muchacha casi totalmente oculta dentro del abrigo, ya que con mucha dificultad se le podía ver la punta de la nariz. Sólo ellos, que eran sus amigos, la podían reconocer. Cualquier otro podría pensar que era un abrigo que venía andando. Társila era friolera y tímida, y el abrigo abotonado hasta encima de la nariz la protegía de ambas cosas.

—Está bien. Dejadme a mí —fue Sol la que tomó la palabra cuando vio acercarse a la chica.

Cuando Társila llegó a su lado, Sol se la llevó aparte y estuvo hablándole bajito. Társila asentía con la cabeza a todo cuanto le contaba su amiga. Cuando acabaron la conversación, volvieron adonde estaban los dos chicos esperando la resolución que Sol le daba al asunto, pero sin hablar.

—Adelante, Nicolás, cuéntaselo todo. Társila está de acuerdo en que el secreto no salga de aquí, y en que, pase lo que pase, no lo va a saber nadie más.

Nicolás hizo un resumen de la historia en la que estaban metidos. De vez en cuando los otros dos hacían alguna puntualización, muy en especial sobre las expectativas que tenían acerca del final de todo aquel asunto.

Cuando se acabó el relato, Nicolás se quedó pensativo antes de decir:

—Lo que pasa ahora es que a ver cómo se lo decimos a Delio. Esto no le va a gustar nada.

—¿Qué Delio, el relojero del vagón? —preguntó Társila.

—Sí —le respondió Ramiro al ver que Nicolás no lo hacía.

—Es amigo de mi padre. Hablan mucho por teléfono. Creo que mi padre le consigue datos y libros sobre relojes antiguos.

—Bien, eso puede ser un punto a nuestro favor, aunque no estoy muy seguro, porque a mi tío pocas cosas le hacen menos gracia que los jóvenes. Pero para saberlo hay que ir allá.

Cuando llegaron al vagón, Delio estaba fregando los cacharros y saludó a los muchachos sin volverse hacia ellos.

—Delio, traemos a otra chica —dijo Nicolás nada más entrar—. Creo que conoces a su padre.

Delio se volvió y se quedó mirando a los jóvenes con cara de muy pocos amigos.

—Yo no conozco a nadie. La verdad es que toda la culpa es mía. Sabiendo como supe siempre que el que con niños se acuesta mojado se levanta, me dejé embaucar como un tonto. Así que, si andáis largando por ahí la historia, va a ser mejor dejarlo antes de que lo sepa toda Eiravella.

—No, no. Seguro que ya no lo va a saber nadie más. Nosotros ya lo hemos jurado. No te enfades, que no se lo vamos a decir a nadie más.

—¿Y quién es tu padre? —dijo Delio después de un corto silencio y dirigiéndose a Társila.

—Mi padre es Aurelio. Le he oído hablar muchas veces con usted por teléfono.

—Es el historiador con el que he ido a hablar yo —intervino Ramiro.

—Yo no sabía que tuviera ninguna hija. Muy bien, pues sigamos adelante, pero fijaos bien en lo que os voy a decir: si alguien más se llega a enterar del asunto en el que estamos, no tendremos más remedio que dejarlo. Llamo al dueño del reloj, le entrego la caja con todo su contenido y se acabó todo.

—Palabra, Delio, palabra de que no se lo contamos a nadie, pase lo que pase —suplicaba Nicolás mientras los otros muchachos asentían con la cabeza a lo que él decía—. Además, ya no hay ningún otro amigo de confianza, sólo nosotros cuatro.

—Pues venga. A ver qué traéis. ¿Quién empieza?

—Empezamos nosotros —dijo Sol abriendo el cuaderno en el que tenía las notas que había tomado en casa del Abade—. El dueño actual del Pazo es don Diego Freire de Silvela y Covadoso. Es magistrado, que no sé lo que es eso...

—Juez —aclaró Delio.

—... y vive en Madrid. Está casado con doña Diana Sobroso y Díaz Cardóniga, y son algo parientes.

»Don Diego heredó el Pazo de su padre, don Deogracias, cuando éste murió, hace poco más o menos treinta años, pero tardó varios años en hacerse cargo de él. Tengo aquí la dirección y el número de teléfono de don Diego, porque para entrar en el Pazo hay que pedirle permiso a él, que los de la casa del

Abade no dejan entrar a nadie absolutamente para nada, como no sea con autorización del dueño.

»Después he recogido toda una serie de nombres de antepasados y parientes de don Diego, pero todavía tengo que ordenarlos, porque yo iba tomando nota a medida que los decía y está todo revuelto. Puse algunas marcas para acordarme; a ver si lo hago hoy por la noche, porque como deje pasar dos días ya no entiendo nada.

—Muy bien, chicos, muy bien. ¿Del reloj no os han dicho nada?

—Muy poco —ahora era Nicolás el que hablaba, que no quería que su tío pensara que todo lo había hecho Sol y él nada—, porque no le hemos preguntado muy directamente. Es cierto que había varios muebles viejos y doña Diana había mandado que los llevaran a la capilla. Después, doña Sonia, que es con la que hemos hablado nosotros por teléfono, mandó a Venancio que viniera a buscarlos. Veneranda siempre pone el don y el doña por delante de los nombres de la gente del Pazo.

—¿Y cómo sabría Venancio de ellos?

Nadie respondió a esta pregunta que Delio hizo como si pensara en alto.

—A ver, Ramiro, habla tú —invitó Nicolás a su amigo.

El muchacho sacó del bolsillo unos papeles doblados, que fue abriendo con calma. Los alisó contra el pecho y comenzó a hablar mientras los iba consultando:

—El Pazo fue construido en torno a 1650 por

encargo y cuenta de un tal Francisco Dosil y Álvarez Ferreño, marqués de Dosil. Aurelio opina que debería ser «do Sil», pero que está deturpado como pasa con frecuencia con los patronímicos. Perteneció por mucho tiempo a estos marqueses. El último fue Urbano Dosil, que en 1826 se lo vendió a un primo suyo que se llamaba David Sobroso y Álvarez, que lo ocupó cuando se casó, alrededor de 1829, después de tres años de continuas reformas.

»El tal Urbano también le pasó en venta el marquesado a un sobrino que había ganado mucho dinero en América y que se llamaba Acacio Dosil Ameneiro. El marquesado tiene un blasón que es un sol con rostro humano en el centro y una bordadura de veneras alrededor.

»En adelante, Aurelio, el padre de Társila, conoce casi toda la historia de la familia, pero para decírmela bien ordenada tendría que ponerse a revolver en papeles. Dice él que no le faltarán más de media docena de nombres. Quedó en hacérmela, así que, con que se la dé a Társila cuando la tenga, ya está.

—Bien. ¿Eso es todo? —preguntó Delio al darse cuenta de que Ramiro paraba su relato.

—No, hay más —prosiguió Ramiro—. Me dijo Aurelio que David Sobroso se casó dos veces, la primera en 1829, poco más o menos, con Sol Freire Dacal, y ocho o nueve años después, con Sabina Álvarez de Pimentel Doce. Por tanto, hay dos ramas de la familia de David. A Aurelio le parece que siempre ha sido la misma rama la que ha venido heredando el Pazo, y la otra no. Las dos partes de la familia se han llevado siempre a matar y todavía hoy es el día que no se pueden ver.

—Eso parece interesante. Encaja con algunas de las cosas que dicen las cartas. Recordad que los corresponsales tienen que guardarse de alguien para verse. Sigue, Ramiro.

—Ahora viene lo verdaderamente curioso. El tal David debía de ser más raro que un perro verde. Él también había querido comprar el marquesado, pero Urbano o no se lo quiso vender o el otro se lo pagaba mejor. El caso es que David mandó que en medio del blasón, donde estaba la cara del sol, grabaran dos letras entrelazadas: una D y una S.

—¡Las mismas que aparecen en las cartas! ¿Verdad, Delio?

—Eso parece. Pero dejemos seguir a Ramiro.

—Esto de la D y de la S —prosiguió Ramiro, satisfecho de los datos que estaba aportando— se convirtió en manía para David, que a los hijos varones les puso nombres que comenzaban por D (Darío y Dumio), y a la única hija hembra, que tuvo de su segundo matrimonio, un nombre que comenzaba por S: Silvina.

—Bien, una manía. ¿Y qué? —dijo Nicolás, a quien le parecían de poco interés los datos que ahora aportaba Ramiro; además, no le gustaba nada el tono en que su amigo los iba diciendo, como si fueran la clave definitiva.

—Es que, de algún modo, esto debe de tener que ver con las disposiciones de la herencia del Pazo, porque la costumbre permanece todavía hoy: todos los varones de las familias relacionadas directamente con el Pazo llevan nombres que comienzan por D, y todas las mujeres, nombres que empiezan por S. Y todavía hay más: todos los varones se casaron con mujeres de nombres que llevan S como primera letra, y las mujeres, con hombres que llevan D. Supongo que, cuando Aurelio nos haya hecho el árbol genealógico, va a ser muy curioso.

—Dad el árbol por hecho—intervino Társila—. De eso me encargo yo.

—Ya, pero no creo que sea siempre así, porque los actuales dueños se llaman Diego y Diana —les hizo ver Sol—. Aquí falla algo.

—Es cierto —comentó Ramiro—, porque además son parientes, y ella debería tener un nombre que comenzara por S, pero fijaos que Diana también es un nombre que comienza por D, una de las letras mágicas del Pazo, y Aurelio me dijo que le parecía que había algunas variantes dentro de la D y de la S, pero que en ese momento no recordaba cuáles eran.

Las chicas felicitaron a Ramiro por los muchos datos que había conseguido saber de la gente del Pazo y por lo bien que los había dispuesto para explicárselos a ellos. Al oír lo que le decían, también Nicolás dio una palmada en la espalda a su amigo, en reconocimiento por haber hecho un excelente trabajo.

Después comenzaron a hablar entre ellos sobre cuál sería el paso siguiente que tendrían que dar. Delio los escuchó en silencio durante un rato.

—Bien, muchachos, lo siguiente es entrar en el Pazo. Ahí tiene que haber más cosas escondidas, porque todavía no os he dicho que en el doble fondo he encontrado otro papel. No lo había visto antes porque no estaba dentro de la caja, sino fuera, posado en el fondo del reloj. Se trata de una hoja de libreta, arrancada antes o después de ser escrita, como si hubiera formado parte de un diario o algo así.

Mientras hablaba fue sacando Delio una hoja de papel, que puso sobre la mesa y comenzó a leerla.

«Ya pocas esperanzas me quedan de que podamos estar juntos. Aun así, mi lucha sigue y seguirá. Hace muchos meses que me preparo para abandonar el Pazo. No voy a llevarme nada que no sea mío, pero tengo que esconder mis cosas para cuando llegue la ocasión. Meteré en el reloj las últimas, las más estimadas, porque, vaya donde vaya, el reloj irá conmigo. Pero tengo miedo de que me pase cualquier cosa sin poder decirte donde está el D-S. Si algo me llegara a pasar, tienes que buscar en el Pazo hasta encontrarlo. Yo lo apartaré de la vista, pero quedará dentro. También serán para ti todas mis cosas. Por nada del mundo quiero que mi hermano o mi cuñada pongan sus manos sobre ellas después de tanto daño como me están haciendo»

—Pues a mí también me parece una carta, porque da la impresión de que habla con alguien —dijo Sol—. Una carta en la que, además, da a entender que se siente en peligro, que teme que le pase algo y desea advertir de esa posibilidad a su amante.

—Sí, pero está sin firmar y no tiene encabezamiento —le explicó Delio a la chica—. Además, no olvidemos el hecho de que se trata de una hoja de libreta que está escrita entera, como si continuara en la página siguiente. Fíjate que no lleva punto final, cuando está toda ella perfectamente puntuada. No sé, pero podría ser el borrador de una carta. La letra coincide perfectamente con la de las dos cartas que hemos atribuido a una misma persona. Pero, en fin, sea lo que fuere, lo que parece claro es que tenemos que buscar en el Pazo.

—¿Y qué tenemos que buscar? —preguntó Nicolás.

—Otros lotes como éste. Paquetes con joyas y cartas. Todo lo que ha ido escondiendo una de las dos personas que ha escrito lo que por ahora tenemos.

—Pero para eso hay que entrar en el Pazo y eso no va a ser cosa fácil —sentenció Ramiro, que consideraba poco menos que imposible acceder al interior del edificio.

—Eso lo arreglamos ahora mismo —dijo Delio levantándose y dirigiéndose al teléfono—. Venga aquí ese número, que vamos a llamar al magistrado, y ya verás como podemos entrar en el Pazo.

Sol consultó las notas que había tomado en casa del Abade y le dijo al hombre el número del teléfono de Diego Freire de Silvela.

—Espera un momento, Delio —interrumpió Nicolás—, será mejor que llame Sol. Si hablas tú con él, va a saber que estás interesado y puede desconfiar.

—Tienes razón; te estás volviendo un chico listo; cada vez te pareces más a tu tío —habló Delio, riéndose de su propia ocurrencia—. A ver, chica, ¿qué le vas a decir?

—Déjeme a mí, que sé hacer bien estas cosas.

Marcó Delio el número y le pasó el auricular a Sol.

—¿Don Diego Freire de Silvela?... Querría hablar con él de un asunto relacionado con el Pazo de Eiravella... ¿Don Diego Freire de Silvela? Buenas tardes, perdóneme que le moleste. Mire, yo soy una chica de Eiravella y tengo que hacer un trabajo para el colegio sobre el Pazo...

—¡Qué barbaridad! —exclamó Ramiro, a quien los otros chicos hicieron callar de inmediato.

—... ya tengo mucho adelantado, pero me gustaría verlo por dentro. He hablado con Celso y con Veneranda y me han dicho que tenía que dar usted su permiso para entrar en el Pazo. Por eso me he atrevido a llamarle. No, no. Iría con otros dos compañeros y una compañera, porque el trabajo tenemos que hacerlo en equipo... ¿Quiere usted hablar con mi padre? Un momentito que ahora mismo se pone.

Sol, con el auricular en la mano, hizo señas a Delio para que lo cogiera, al mismo tiempo que decía en voz alta:

—Papá, don Diego quiere hablar contigo.

Delio tomó el aparato y tapó con la mano el micrófono para preguntarle a Sol, en voz muy baja, cuál era el nombre de su padre.

—Buenas tardes, don Diego, me llamo Uxío Pérez y soy el padre de Sol. Parece ser que quiere ver el Pazo por dentro... Pues se lo agradezco... Sí, sí, es una chica muy inteligente y muy estudiosa... Si, sí... Muchas gracias... Muy bien. ¿Ya llama usted a Celso? Mucho gusto en saludarlo, señor. Sí... cuando vengan por aquí le prometo que Sol irá a visitarlos... Claro, claro que tendremos mucho gusto en acompañarla su madre y yo... Que usted siga bien. Muchas gracias.

Delio colgó. Tenía el rostro ligeramente más rojo que de costumbre y sudaba ligeramente.

—Listo. Ahora mismo va a llamar a Celso y mañana podréis entrar en el Pazo.

Comenzaron todos a reírse al ver la cara que se le había quedado a Ramiro. Miraba alucinado, con los ojos muy abiertos y sin pestañear. La boca la tenía como si necesitara tragar mucho aire junto.

—¿Qué te pasa? —le preguntó Társila.

Ramiro giró la cabeza hacia la chica, que estaba situada a su derecha.

—¿Pero tú los has oído? Mienten como si nada. Otro trabajo para la escuela. Alguien va a pensar que en la escuela están todos locos.

—Pues no van descaminados —cortó Nicolás.

—Pero es que en todo este asunto, cuando alguien dice la verdad es por casualidad o porque se le ha escapado.

—Está bien, chicos —intentaba apaciguar los ánimos Delio—. Escucha, Ramiro, es cierto que en todo esto estamos contando muchas mentiras y a mí tampoco me gusta mentir. La mentira hace que no nos podamos fiar ni de los amigos. Yo espero que os guardaréis siempre lealtad entre vosotros. Siempre la verdad, cueste lo que cueste. En este caso ocurre que, por ahora, no podemos decirle al dueño del Pazo las cosas tal y como son, pero llegará el momento en que lo hagamos, porque lo importante es la verdad que estamos buscando.

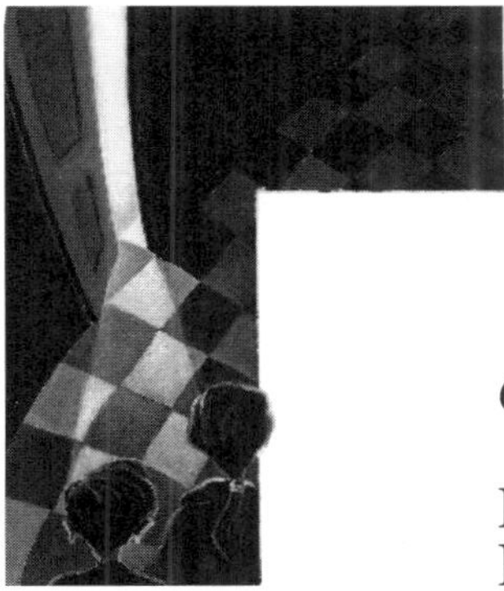

6

Dentro del Pazo vacío

Todo sucedió como Delio había dicho, y Celso y Veneranda recibieron una llamada telefónica que autorizaba a los niños a entrar en el Pazo.

Se encaminaron al Pazo mientras por todas las puertas y ventanas de Eiravella se escapaba la cantinela de los niños de San Ildefonso, que cantaban números y premios sin parar. La mañana estaba fría. Todos iban bien abrigados: Társila, empaquetada.

Fue Celso el que les abrió una de las puertas pequeñas. Sol le dijo que le haría ilusión entrar por la puerta principal, pero el hombre, que no estaba muy entusiasmado con la idea de que los chicos anduviesen por el Pazo, le dijo que no se abría nunca, que, incluso cuando estaban los dueños, entraban y salían por aquella puerta.

Los condujo por las escaleras hasta el primer piso. Accedieron a un largo pasillo. A la izquierda, un buen número de ventanas daban al jardín; a la derecha, varias puertas cerradas; en los paños entre cada dos puertas, había muebles y banquitos.

—Bueno, aquí estamos. ¿Qué queréis ver?

—Todo —le dijo Sol—. Queremos ver todo el Pazo; si no, no podremos poner en el trabajo cómo es verdaderamente por dentro.

—Todo es demasiado para ver, chica.

—Es igual, podemos venir más veces. Estamos de vacaciones —dijo Nicolás.

—Ya, pero yo no. Yo tengo más que hacer que venir todos los días a enseñaros el Pazo.

—Pues don Diego nos ha dicho que podíamos venir cuantas veces quisiéramos —habló Társila—. Además, tenemos que mandarle una copia de nuestro trabajo y no queremos que esté mal hecho porque no hemos podido verlo bien.

Como Társila es una chica tímida y más bien callada, los otros chicos se la quedaron mirando, extrañados de escucharla tan dispuesta y metida en el asunto.

—Muy bien, pues allá vamos. Comenzaremos por este piso, pero mucho ojo con tocar cosa alguna. Si os ponéis a revolver, llamo a don Diego y se acabó la visita.

—Pierda cuidado, que nosotros no tocamos ninguna cosa sin su permiso. Lo único que queremos es ver cómo es esto —se adelantó Nicolás antes de que el hombre siguiera poniéndoles condiciones.

Pero el hombre no tenía intención de dejar su discurso sin terminar.

—Vosotros veréis. Si abrís un cajón de una mesilla de noche, fijaos qué poca cosa, se acabó. Que quede bien claro.

Los muchachos escuchaban y asentían con la cabeza a todo cuanto les decía Celso.

—Estas puertas que veis aquí, en este pasillo, corresponden casi todas a dormitorios. Allí —señalaba al fondo, donde había una puerta vidriera— está el salón principal.

Les hizo una señal con la cabeza para que le siguiesen y se dirigió al lugar que les estaba indicando. Abrió la puerta y se encontraron en un amplio espacio, en el que acababan las escaleras que procedían de la puerta principal. Eran anchas, de un solo tramo en curva, y con un pasamanos de madera, ancho, barnizado y brillante como un espejo.

Justo enfrente del final de las escaleras había una puerta grandísima, que Celso abrió, y que conducía a un salón enorme. Estaba totalmente amueblado. Había mesas de varios tamaños, muchos sofás y divanes, sillas con brazos y sin ellos y, en un rincón, un piano de media cola. Las ventanas estaban cubiertas de grandes cortinones de terciopelo granate.

El salón tenía la forma de un polígono ligeramente irregular. En la pared más larga estaban los enormes ventanales, que se hicieron visibles al correr Celso los cortinones, detrás de los visillos de gasa. En otras tres paredes de las siete que tenía el salón, se veían otras tantas puertas: una grande de dos hojas, a la derecha de la entrada, y otras dos algo más pequeñas, a la izquierda. Las paredes que no tenían puertas ni ventanas estaban cubiertas de cuadros.

—¿Puedo mirar por la ventana? —preguntó Ramiro con miedo a que tomara a mal cualquier movimiento y que les cerrara la puerta a sucesivas visitas.

Celso le respondió con un gesto afirmativo y el muchacho apartó los visillos y miró hacia fuera. Daban al patio central.

—¿Adónde dan estas puertas? —preguntó Sol, más interesada por lo de dentro.

—Ésta —dijo Celso abriendo una hoja de la puerta grande— da al comedor.

Una estancia más larga que ancha estaba ocupada en su mayor parte por una enorme mesa. Contra la pared, se alineaban las sillas.

Nicolás tenía el convencimiento de que estaban perdiendo el tiempo mientras no pudieran revolver como querían, así que se volvió y señaló hacia la otra puerta.

—¿Y ésa?

Esperó Celso a que todos hubieran salido del comedor y, después de cerrar con cuidado la puerta, se dirigió a la que le indicaba Nicolás.

—Ésta es la biblioteca —hablaba mientras abría la puerta y les franqueaba el paso a una estancia que tenía todas sus paredes cubiertas de estanterías llenas de libros. En el medio había una mesa y, en un rincón, una escalera de biblioteca.

Ramiro silbó y se adelantó a los demás. Caminaba alrededor de la habitación y miraba los estantes de arriba abajo.

—¿Cuántos libros habrá aquí?

—No lo sé —respondió Celso—, pero dicen que todos son de mucho valor. Me ha dicho don Diego que, si utilizáis alguno, lo tratéis con mucho cuidado y que lo devolváis al mismo lugar en el que estaba.

—¿Eso quiere decir, entonces, que podemos mirarlos? —preguntó Társila, ilusionada.

—Eso me pareció entenderle a don Diego, pero cuidado, ¿eh? Mucho cuidado.

—Deja eso ahora, Társila —habló Nicolás para cortar el impulso de la chica, que se estaba acercando a la estantería que tenía enfrente—. Ya vendremos en otra ocasión a ver los libros. Ahora lo que tenemos que hacer es ver el Pazo para el trabajo de la escuela.

—Aquí —explicaba Celso mientras señalaba una puerta situada en medio de una de las estanterías— hay un gabinete pequeño en el que trabaja don Diego cuando viene, pero está cerrado y tiene él la llave. Así que yo no os puedo abrir.

Regresaron al salón y Celso abrió una tercera puerta. Daba a una salita pequeña, amueblada con un banco pequeño, dos sillas de brazos, un velador y nada más.

Fueron andando los chicos hacia la salida del salón. Celso se aseguraba de que todas las puertas permanecieran cerradas y las cortinas en su sitio.

—No nos va a dejar solos —dijo Nicolás en voz muy baja—. No va a haber modo.

—Déjame a mí —intervino Sol, y siguió ya en voz alta para que la oyera Celso perfectamente—. Ahora lo que tenemos que hacer es tomar notas de lo que hemos visto.

—Tienes razón —asintió Ramiro abriendo la carpeta que llevaba y repartiendo hojas de papel a todos sus amigos—. Vamos a comenzar por hacer un dibujo de este piso.

Ya estaban de nuevo en el pasillo y se fueron acomodando en cuclillas unos y sentados otros contra la pared, debajo de las ventanas que daban al jardín.

—¿Podemos quedarnos aquí para hacer un dibujo de esta planta, señor Celso? —continuaba Ramiro, que no esperó la respuesta del hombre—. A ver, Nicolás, mide cuántos pasos tiene el pasillo; después mediremos tu paso y así podremos saber las dimensiones para hacer un dibujo a escala.

Nicolás se puso a recorrer el pasillo contando en voz alta las zancadas que daba. Celso miraba a los muchachos, entre asombrado y divertido.

—Bueno, haced el dibujo que tengáis que hacer. Cuando acabéis me avisáis por esta ventana que os dejo abierta. Y si queréis ver alguna otra cosa, me llamáis.

Salió Celso por la escalera por la que habían subido todos. Társila se levantó y se puso a mirar hacia fuera por la ventana abierta. Tuvo que dar un salto y quedó de bruces sobre el alféizar, con los pies colgándole a casi medio metro del suelo.

—Ya veo. Se va por el jardín adelante.

—Venga, vamos —dijo Nicolás.

Se levantaron Sol y Ramiro, que todavía permanecían sentados arrimados a la pared y comenzaron a abrir puertas y a entrar en las habitaciones. Al poco rato salían descorazonados. No sabían cómo ni qué buscar.

—Será mejor ir habitación por habitación siguiendo un orden —habló Ramiro—. Lo que estamos haciendo no vale para nada. Venid conmigo. Cuando hay que hacer una cosa, aunque sea como ésta, que parece propia de delincuentes y que a mí no me mola nada, hay que hacerla bien hecha.

—Ya me está cargando a mí este niñato con su bondad de niño modelo —refunfuñó Nicolás.

—Venid conmigo. Ahora vamos a registrar las habitaciones una por una. Cuando estéis dentro, pensad, antes de tocar nada, dónde se podría esconder algo que hubiera permaneció allí durante muchos años.

Entraron en la primera. Era un dormitorio. Miraron alrededor y todos permanecían en silencio mientras con la vista recorrían la estancia.

—Dobles fondos —exclamó Sol casi gritando, mientras los otros tres le exigían que hablara más bajo—. Hay que mirar si las mesillas o los armarios tienen doble fondo.

Nicolás golpeaba en la parte baja de las mesillas de noche y después sacaba el cajón hacia afuera para inspeccionar con la mano todo el interior del mueble. Sol y Ramiro hacían lo propio con el armario. Después vino el turno de la cama.

Pasaron al segundo dormitorio e hicieron otro tanto, pero tampoco encontraron nada.

La tercera en la que entraron era una habitación sin más muebles que una cómoda alta y una mesa. Ramiro se puso a registrar los cajones de la cómoda. Nicolás miraba la mesa por debajo. Sol y Társila vigilaban en el pasillo.

—Nada, aquí no hay nada —dijo Nicolás con un tono de voz que revelaba su desánimo—. ¿Y en la cómoda?

—Tampoco —en aquel momento, Ramiro estaba retirando el cajón de abajo del todo de la cómoda, metía la mano por el hueco y palpaba toda la madera del interior.

La habitación siguiente estaba casi vacía, sólo había un arca de castaño. Se acercaron a ella con miedo de que estuviera cerrada, pero la pesada tapa se dejó levantar con facilidad y apenas rechinó muy ligeramente. Dentro no había nada. Ya iba a cerrarla de nuevo cuando Ramiro detuvo la acción de su amigo.

—Espera. En mi casa hay una como ésta que tiene un cajoncito secreto debajo de una de las tablas del fondo.

Comenzó a golpear Ramiro en el fondo del arca con los nudillos de la mano derecha, hasta que encontró una tabla que se movía y bailaba ligeramente cada vez que la golpeaba. La levantó y apareció otra tabla que tenía una pequeña grieta como para poner la uña y hacerla correr. Eso fue lo que hizo Nicolás y, cuando la tapa se separó del lugar que ocupaba cerrada, dejó ver su contenido.

—Aquí hay algo.

Las chicas oyeron lo que acababa de decir Nicolás y entraron corriendo en la habitación.

—¿Qué hay? —preguntó Sol con ansiedad.

—Esto —habló Ramiro señalando con el dedo el contenido del escondrijo.

Sol comenzó a sacar fuera lo que allí había. Eran algunos, pocos, utensilios de costura: un tubito de madera para meter agujas y un acerico.

—Esto no es lo que buscamos, colegas —dijo Ramiro—. Dejadlo donde estaba.

—¡No! —exclamó Nicolás—. Vamos a llevar todo. Ya nos dirá Delio si vale o no vale.

—Pero tú eres tonto, Nicolás —le reprochó Ramiro—. ¿No ves que esto no tiene nada que ver con lo que estamos buscando?

—Es igual. Si está aquí escondido, debemos llevarlo.

—A mí esto no me parece bien, Nicolás. Yo había creído que sólo nos llevaríamos las cartas si las encontrábamos. Pero esto es tomar algo que no es nuestro a sabiendas de que no tiene relación con nuestra investigación, y a quien hace eso se le llama con una palabra muy fea.

—Ni fea, ni bonita. A mí me parece muy extraño que alguien esconda cosas como éstas en un sitio secreto.

Társila, que había estado entrando y saliendo de la habitación continuamente para, subida a la ventana, vigilar si venía Celso, vio como éste, atravesaba el jardín y se dirigía a la entrada del edificio.

—¡Cuidado! —gritó mientras corría hacia la habitación en la que continuaban la discusión Ramiro y Nicolás en presencia de Sol, que escuchaba en silencio—. ¡Largo de aquí, que viene Celso!

Sol agarró los objetos que Nicolás tenía en la mano y los metió en el bolsillo del abrigo. Los chicos cerraron la tapa del escondrijo y colocaron encima la tablita. Bajaron con cuidado la tapa del arca y salieron corriendo a sentarse contra la pared. Dibujaban a toda prisa rayas y rayas en los papeles para dar la sensación de que habían hecho mucho trabajo. Incluso en alguno de ellos aparecía la primera planta del Pazo bien reproducida.

Cuando vieron entrar a Celso en el pasillo, fueron poniéndose de pie y comenzaron a andar hacia él.

—Bueno, vamos a dejarlo por hoy —le hablaba Nicolás al hombre—, que usted debe de tener que currar. Ya volveremos mañana.

—Como queráis. Bueno, para que vayáis viendo un poco más, vamos por este otro lado al ala norte y salimos por allí. Venid.

Echó a andar seguido por los muchachos, al mismo tiempo que les iba describiendo los lugares por los que pasaban. Casi todas eran habitaciones vacías, según Celso, excepto algún dormitorio más de los que habían visto los chicos.

—Oiga, ¿y no hay cuartos de baño? —preguntó Sol.

—Sí, mujer, hay varios. Ves, esa puerta de ahí es uno; allí hay otros dos. ¿Quieres ir?

—No, no. Sólo era curiosidad.

Bajaron por una escalera distinta de la que habían usado para entrar y salieron al patio. Se despidieron de Celso diciéndole que volverían al día siguiente.

Se alejaron del Pazo andando a buen ritmo. Tenían prisa por estar fuera de la vista de Celso. Cuando ya no lo veían, se reunieron los cuatro y caminaron más despacio en dirección al vagón.

Delio trabajaba en el reloj, pero cuando vio llegar a los chicos lo dejó y se les acercó. Comenzaron a hablar todos al mismo tiempo.

—Eh, eh..., que os estáis comportando como el tipo de muchachos que yo no puedo soportar. Haced el favor de hablar uno a uno.

—¿Qué quiere decir usted con eso? ¿Que los mayores no hablan nunca todos al mismo tiempo? —dijo Sol algo ofendida con lo que le acababa de escuchar al hombre—. Se nota perfectamente que pasa mucho tiempo aquí solo. No le vendría nada mal salir algo y ver mundo.

—Está bien —dijo Delio riéndose—. Retiro la referencia a los jóvenes, pero de todos modos os entenderé mejor si cada uno habla cuando le toque su turno. A ver, Sol, empieza tú.

—Pues hemos estado en el Pazo. Seguramente, lo que hemos encontrado no significa nada, pero algo traemos. Lo mejor de todo es que hemos quedado en volver.

—A mí me parece mal que éstos hayan tomado algo que no es nuestro y que, ni de lejos, tiene que ver con lo que estamos buscando.

Ramiro seguía estando poco conforme con el proceder de sus amigos. Aquello de tomar el acerico y el estuche de las agujas no le había gustado nada.

—Veamos de qué se trata —habló Delio invitándolos a que le enseñasen lo que traían.

Sol puso encima de la mesa las cosas que habían encontrado en el escondrijo del arca.

Todos se quedaron callados contemplando los objetos como si fuera aquella la primera vez que los veían o como si les diera miedo tocarlos. Incluso se podría pensar que comenzaba a desagradarles la presencia de aquellas cosas, y mucho más después de lo que había dicho Delio mientras Sol depositaba el estuche y el acerico sobre la mesa.

—Estoy de acuerdo con lo que dice Ramiro —había comentado—. No podéis tomar en el Pazo nada que no tengáis la seguridad de que está relacionado con lo que nos ocupa. Nosotros estamos haciendo una investigación y no otra cosa.

Delio tomó el estuche de las agujas y lo abrió. Dentro había tres agujas completamente oxidadas. Las dejó en la mesa. Cogió el acerico en la palma de la mano, lo sopesó. Le sacó todos los alfileres que tenía clavados y los fue depositando encima de un papel blanco que había en la mesa. Los contó y eran diez, todos amarillos. Después apretó la almohadilla con los dedos.

—¿Qué tiene dentro? —preguntó Nicolás.

—No sé. Normalmente tenía lana o algodón y a veces corcho rayado o incluso serrín grueso. Pero éste no sé, parece como arena.

—¿Y si son diamantes? —dijo Sol como para justificar el hecho de haberlo tomado.

—Si fueran diamantes sería una buena cantidad —se rió Delio—. Me parecen demasiados.

—¿Lo abrimos? —propuso Nicolás.

—No, no abrimos nada —cortó Ramiro, enfadado—. Lo que hay que hacer con él es devolverlo a donde estaba, y tal como estaba, sin abrirle nada y con sus alfileres clavados.

—Podemos hacer las dos cosas —insistió Nicolás encarándose con Ramiro—, abrirlo y volverlo a dejar donde estaba. No hay más que volverlo a coser después.

—Si alguna vez fueras a la escuela... —Ramiro se quedó callado de repente. Nicolás lo miraba serio. Al principio había palidecido, pero en seguida se le puso el rostro rojo por la irritación. Ramiro seguía en silencio, pero al mismo tiempo sentía la necesidad de continuar y tratar de arreglar su metedura de pata—. Quiero decir que he oído muchas veces, y el padre de Társila lo dice también, que es muy importante no alterar una cosa antigua que se tiene o que se encuentra, porque podemos estar estropeando un documento que nos cuenta cómo fue nuestro pasado.

Después de decir esto, Ramiro miró a todos los presentes, excepto a Nicolás. Ninguno de ellos, ni siquiera Sol, pareció darse por enterado de su indiscreción.

—Hombre, Ramiro —le habló Delio—, yo algo de esto sé, y esta almohadilla de hace setenta u ochenta años como mucho no es un documento histórico. Exageras un poco.

—Delio, pasa de él y ábrelo, que lo vuelvo a coser yo tal y como estaba —dijo Nicolás, que se recobraba del susto que le había metido en el cuerpo la desafortunada intervención de Ramiro, pero todavía conservaba la ira hacia él—. Además, si es un documento histórico, nosotros tenemos que leerlo antes que nadie.

—Yo ya le he leído algo, pero ¿qué opináis vosotras? —dijo Delio dirigiéndose a las chicas, que llevaban un rato escuchando en silencio.

—Será mejor abrirlo —dijo Társila—, porque, si no lo hacemos, nos quedará siempre la duda de si tenía diamantes dentro. Pero después que lo vuelva a coser Nicolás, que para eso se presentó voluntario. Cosa muy rara, porque éste normalmente contestaría que lo cosieran las chicas.

—Un momento —cortó Sol.

—¿Qué pasa? ¿Vas a empezar tú ahora como éste con tiquismiquis?

Sol no hizo caso de lo que le decía Nicolás. Miraba a Delio.

—Usted ha dicho que ya le había leído algo a este acerico. ¿Qué ha sido?

Delio agarró de la mesa el papel en el que estaban los diez alfileres que había sacado del acerico.

—Esto. Son diez alfileres de oro.

—¿De oro? ¿Seguro? —se sorprendió Társila.

—Completamente seguro. Y yo leo que esto forma parte de un, llamémosle, tesoro que alguien ocultaba. Recordad lo que decía el último papel que hemos encontrado. Allí estaba bien claro que el o la firmante estaba escondiendo cosas de valor para llevárselas cuando se marchara del Pazo. Pues estos diez alfileres de oro forman parte de ese tesoro que ocultaba.

Nicolás miró a Ramiro con cara de triunfo, como diciendo que, después de todo, habían hecho bien en tomar aquellas cosas del Pazo porque formaban parte de su investigación.

—Bueno, de momento vamos a guardar los alfileres, que llegará un momento en que todo esto se lo habremos de entregar a alguien, porque nuestros no son —dijo Delio levantándose y colocando los alfileres en un cajón en el que guardaba las cosas que había encontrado en el interior del reloj.

Regresó a la mesa y tomó el acerico.

—Entonces, ¿lo abrimos? —preguntó mirando a los chicos uno por uno, que iban asintiendo con la cabeza, excepto Ramiro, que tampoco se atrevió a decir que no, tanto por la aparición de los alfileres de oro como por la reacción que podría tener Nicolás en cuanto salieran del vagón, y no quería contrariarlo más.

Tomó Delio la almohadilla en la mano izquierda, y en la derecha, una cuchilla de acero que tenía sobre la mesa. Buscó la costura externa del acerico, la que se hace cuando ya está lleno, y comenzó a cortar los hilos con mucho cuidado.

Cuando ya había abierto como una tercera parte de la costura, comenzaron a caer arenillas del interior.

—Diamantes no son, Társila —hablaba sin separar la vista del trabajo que estaba haciendo—, pero, para que te convenzas bien, vamos a abrirlo por completo y a vaciarlo.

Así lo hizo, y al poco tiempo tenía sobre la mesa un montoncito de arena no muy fina, que Delio esparció sobre la mesa. Miró a los chicos. Metió dos dedos de cada mano y abrió bien el hueco que había quedado después de descoser el acerico. Miró dentro torciendo la cabeza para los lados y poniendo la tela de modo que le permitiera ver bien el interior.

—Aquí únicamente hay arena —comenzó a decir— y ahora ya no hay nada.

De repente se calló y se puso a volver el acerico con lo de dentro para fuera. Cuando acabó la operación, dejó la tela sobre la mesa y la alisó con la palma de las dos manos moviéndolas del centro hacia los lados. Cada vez que separaba las manos se dejaba ver que en la tela había algo escrito. Era un texto muy tenue, muy poco contrastado.

—Me parece que hemos encontrado algo, amigos míos.

Se ajustó Delio las gafas y comenzó a leer el texto. Lo hacía tan bajo, que casi no se oía lo que decía:

—E... n... l... a... s... c... o... r... t... a.

—... «En las cortas». Esto no tiene ningún sentido. «En las cort... i... as». «En las cortias», tampoco. «En las *cort... i... z... as*». Eso es. «En las *cortizas*» es lo que puede decir aquí.

—Hay algo en las *cortizas*. ¿Qué son las *cortizas*? —preguntó Nicolás, nervioso.

—Pueden ser varias cosas —respondió Delio—. Porque *cortiza* es la corteza del alcornoque, el corcho; pero también se llama así a unas colmenas cilíndricas hechas de corcho; o sólo la tapa de la colmena cuando está hecha de ese material. También es *cortiza* el tapón de corcho de las botellas. Y, además, hay lugares en los que se llama *cortiza* a un pajar pequeño. De modo que fijaos cuántos son los caminos que se nos acaban de abrir.

Delio le dio vuelta al pañito y se puso a leer lo que decía por el otro lado. También le costó cierto trabajo descifrarlo, pero esta vez lo leyó con más facilidad.

—«Vete a ver». Pone eso, «vete a ver».

—«Vete a ver en las *cortizas*» —habló Sol como para sí—. Eso es lo que alguien escribió aquí. Por cierto, ¿quién?

—Ése —le respondió Nicolás casi sin darle tiempo a acabar la pregunta.

—Muy probablemente sea así, pero no lo sabemos con certeza, porque aquí no pone nada más —añadió Ramiro—. Supongamos que sea así. En ese caso tendríamos que encontrar unas *cortizas*.

—¿Y dónde? —preguntó Nicolás dirigiéndose a Ramiro.

—Desde luego en el Pazo. Todo cuanto está relacionado con esto tiene que estar allí, por lo menos hasta que encontremos algo que nos indique lo contrario.

Delio escuchaba en silencio la conversación de los dos chicos y le daba vueltas en la mano a lo que quedaba del acerico sin dejar de mirarlo. Leía una y otra vez, sin poner mucha atención, las letras borrosas.

—Estoy pensando que esto es una importante pista —habló por fin—. Y os voy a decir por qué. Los diez alfileres de oro no son exactamente una parte del tesoro. Son una señal, un aviso para quien encontrara el acerico. Esos alfileres relacionaban a la persona que dejó el mensaje escrito dentro con la persona que lo tenía que leer. Ésta, al verlos, se daría cuenta de que la almohadilla contenía algo importante, y eso importante era lo que estaba escrito dentro.

—Muy bien, pues en ese caso está muy claro lo que tenemos que hacer —intervino Sol, que había permanecido callada durante todo ese tiempo—. Nos vamos al Pazo otra vez hoy por la tarde. Le decimos a Celso que queremos ver el jardín y registramos bien todo cuanto pueda tener relación con las *cortizas* en todos sus posibles significados. De este modo podemos avanzar algo, porque aquí, hablando, no vamos a ir muy lejos. ¿Qué le parece, Delio?

—Bueno. A mí me parece bien. Haced eso y después ya veremos por donde seguimos, dependiendo de lo que encontréis. Ahora parece claro que hay que mirar todo cuanto os parezca sospechoso, porque nadie se imaginaba que podíamos encontrar algo dentro del acerico que, por cierto, Nicolás, tienes que coser tú.

—Ya lo coseré mañana.

—Muy bien, que sea mañana, pero no pienses que te vas a librar. Voy a echar la arena en un sobre y mañana traes aguja e hilo, que estas agujas no te van a servir. Ya ves, si hubieran tenido el cuidado que tenía mi madre de echar dentro del tubo de las agujas un poco de harina de maíz tostada, no se habrían oxidado.

—¿De acuerdo entonces? —preguntó Sol recorriendo los rostros de sus amigos con la vista mientras iban asintiendo uno por uno—. Vamos a comer y, a las tres, todos delante del Pazo para registrar el jardín.

Poco pasaba de la hora acordada cuando llegó Társila, que era la única que faltaba. Llamaron a la puerta de la casa del Abade y Sol le contó a Veneranda la intención de visitar el jardín. La mujer llamó a su marido y éste, se le notaba perfectamente que de mala gana, agarró las llaves y se fue con los muchachos camino del Pazo.

Mientras cruzaban el patio delantero, Sol interrogó a Celso sobre la existencia de alcornoques o colmenas en el jardín.

—Hay un alcornoque muy viejo allá abajo cerca del río, pero colmenas ya no hay. Las hubo hace muchos años, pero están inservibles. Si las queréis ver, están pegadas al muro casi al llegar ya al río.

—¿Y hay alguna *cortiza*? —preguntó Társila.

—¿Una *cortiza*? ¿Qué es eso? Ya os he dicho que hay un alcornoque viejo al que no se le sacó nunca el corcho.

Entraron por la misma puerta por la que lo habían hecho la otra vez, pero en vez de subir por las escaleras siguieron de frente y, por otra puerta, que llenó de luz la entrada en cuanto la abrió Celso, pasaron a la parte de atrás de la edificación. Enfrente de ellos se extendía todo el jardín del Pazo. Estaba lleno de enormes árboles, y lo curioso es que incluso aquellos que podríamos decir de tamaño más pequeño aquí eran muy grandes, más de lo que nunca habían visto los muchachos.

Los caminos, bordeados de setos de boj y de aligustre, recorrían la totalidad del jardín formando un complicado laberinto. Era una franja que llegaba desde el edificio, y de una anchura semejante a la de éste, hasta el río, que marcaba el fin de la zona ajardinada, que no la totalidad de la finca del Pazo. Ésta continuaba por la otra, pero ya más descuidada, porque no estaba dedicada a espacio de ocio, sino a monte de madera y diversos cultivos, ahora abandonados.

Lo que más abundaba en el jardín eran las adelfas. Con frecuencia, setos circulares, cuadrados o de otras formas encerraban en su interior estas plantas. Ahora no tenían flor, pero en la primavera las había blancas, rojas y de otros colores. Estaban especialmente cuidadas y habían sido podadas de tal manera que llenaban por completo el espacio que se les dedicaba. En otros casos, se habían hecho podas pensadas para que crecieran a lo alto.

Comenzaron los chicos a recorrer el jardín haciendo continuos comentarios sobre todo cuanto veían, muy especialmente la desmesurada abundancia de adelfas, pero sin olvidar ni por un instante su objetivo. De este modo, no tardaron en encontrar el alcornoque, aunque estaba muy al fondo del jardín. Era un ejemplar muy grande, de enormes ramas que formaban una enorme rueda, debajo de la cual se podía situar mucha gente para aprovecharse de su sombra en los días del verano.

Al principio miraron con atención todo alrededor. Miraron el tronco hasta donde les alcanzaba la vista. Metieron los dedos donde había alguna rendija, que no eran muchas en las que se podía esconder algo, porque a aquel alcornoque nadie le había arrancado nunca trozos de la corteza para aprovecharla.

Con la ayuda que, de mala gana, le prestó Ramiro, Nicolás trepó hasta la primera rama, donde miró con mucha detención si podría haber algo que les pudiera interesar. Desde aquella rama pasó a otra, después a una tercera y a una cuarta. Así fue recorriendo la mayoría de ellas, siempre sin hacer caso de las advertencias de sus compañeros, que le pedían que se bajara. Nada encontró y, por fin, decidió bajar, cosa que le fue más difícil de lo que le había resultado subir.

Cuando estuvieron convencidos de que nada encontrarían en el alcornoque que les valiera para resolver el misterio que se había iniciado en el doble fondo del reloj, decidieron ir a la búsqueda de las viejas colmenas.

No les resultó fácil dar con ellas. Estaban pegadas al muro que cerraba la finca del Pazo, pero cubiertas, casi totalmente, por zarzas.

Varias veces se pincharon con las espinas antes de poder examinar debidamente las colmenas, eso sí, sin encontrar nada.

Siguieron todavía durante un tiempo dando vueltas por el jardín por si encontraban algo que les llamara la atención, excepto Ramiro, quien levantaba viejos troncos y ramas ya podridos para buscar carábidos, que se guardaba en los bolsillos entre el asombro y el asco de sus amigos.

Descorazonados, llamaron a Celso a gritos, que se presentó procedente del patio.

—¿Qué, ya os vais?

—Sí, ya hemos visto el jardín —dijo Nicolás sin disimular su desencanto—. Será mejor que nos vayamos a casa a poner por escrito lo que hemos visto. Por cierto, ¿cómo se llaman esos dos árboles enormes que hay detrás de la torre?

—Araucarias. Son dos araucarias de más de cien años.

Se despidieron todos de Celso y atravesaron el patio para salir del Pazo.

—¿Adónde vamos? —preguntó Társila.

—Iremos a decirle a Delio que no hemos encontramos nada —habló Sol, en un tono que dejaba ver con claridad su desilusión por el fracaso de la investigación que acababan de hacer.

—No. Ahora es mejor dejarlo en paz. Seguramente estará currando y no le va a molar que estemos siempre por allí impidiéndole hacer su trabajo. Ya iremos mañana por la mañana.

7

«D» Y «S»

Aquel día, la madre de Nicolás no iba a trabajar, así que el muchacho se levantó muy sigilosamente para no despertarla. Algunas veces le tocaba librar un día en medio de la semana y le gustaba dormir hasta tarde. Cuando esto ocurría, Nicolás tenía que salir de casa como para ir a la escuela y pasar el día escondido en algún lugar. Pero ahora eran vacaciones y le dejó una nota en la que le decía que había quedado con sus amigos y que volvería a la hora de comer. Estuvo pensando en escribir «un poco antes de la hora de comer por si quieres que te vaya a algún recado», pero pensó que eso significaría que se vería obligado a hacerlo; en cambio, si no aparecía hasta la hora de sentarse a la mesa, lo más que podría pasar sería que su madre le riñese porque había tenido que ir ella al súper o a cualquier otro sitio, pero eso no lo tenía Nicolás por asunto grave. Estaba acostumbrado. Además, al final, su madre seguiría pensando: «Eneá es maravilloso.»

Fue a llamar a Ramiro, pero no estaba. Le dijeron que lo había llamado Társila para que fuera a su casa. Se dirigió a casa de Sol y, «si no quieres caldo, siete tazas», tuvo que ayudarla a hacer los encargos del súper, de la droguería, de la ferretería y del quiosco. A Nicolás aquello le pareció tan excesivo que, cuando regresaban con todas las cosas, no pudo por menos que decirle a su amiga:

—¡O sea, que en tu casa no curra nadie, que todo lo tienes que hacer tú, ¿verdad?

—En mi casa cada uno hace lo que tiene que hacer, que eso a ti no te importa —le respondió la chica visiblemente enfadada—. Así que, si te parece mucho, deja las bolsas en el suelo, que nunca te he necesitado para nada y ahora tampoco.

—Perdona, tía, no te mosquees, que no he querido ofenderte. Sólo ha sido una broma.

Nicolás, impulsivo como siempre, olvidaba la situación familiar de Sol, con el padre afectado de una enfermedad que le mantenía en cama y la madre que trabajaba muchas horas limpiando casas, lo cual había obligado a la chica a responsabilizarse de gran número de las tareas de la casa y del cuidado de sus hermanos pequeños. Y, precisamente, lo que menos deseaba Nicolás era que Sol se enfadase con él.

La chica se calló y continuaron el camino en silencio hasta llegar a la puerta de su casa. Allí, Nicolás dejó las bolsas en el suelo, las agarró todas la muchacha y entró en casa con ellas, mientras él esperaba fuera.

A Sol le debió de parecer suficiente castigo dejar a Nicolás en la puerta, cuando siempre lo mandaba entrar, porque, al cabo de un rato, regresó con otra cara.

—Me ha dicho mi madre que acaba de llamar Társila, que ya se viene para aquí, que la esperemos.

—A ella y a Ramiro, porque en su casa me han dicho que lo llamó Társila para que fuera allí.

Se apoyaron contra la pared y se dispusieron a esperar.

—Yo creo que estamos atascados —habló Sol—. Me he pasado la mitad de la noche dándole vueltas y no veo qué podemos hacer ahora.

—Hay que esperar a ver qué es lo que dice Delio. Ya verás como él encuentra algo importante.

—Tú sientes mucha admiración por tu tío, ¿verdad?

—Por supuesto. ¿A ti no te parece un tío mogollón de estupendo? No te imaginas todo lo que sabe. Ha estado en cantidad de sitios del mundo.

—Sí, pero es un poco raro. Eso de vivir metido en ese vagón sin salir para nada no es normal.

—No te pega nada a ti repetir las mismas historias que dicen todos en Eiravella. Él vive como quiere y no se mete con nadie. Tiene mucho genio y a veces riñe con alguien, pero siempre es porque se quieren meter en su vida, o con aquellos que no cumplen con su deber.

—Visto así, tienes razón. Cada uno que haga lo que quiera con tal de no meterse con los demás.

—Y además tiene otra cosa. Puedes pedirle lo que quieras, que, como él pueda hacerlo... Siempre está diciendo que no soporta a los jóvenes, que no hacemos más que mal y cosas así, pero a mí siempre me enseña un montón de cosas y me ayuda en todo. Y me va a enseñar el oficio de relojero cuando acabemos con este asunto, ya verás. Y eso que tiene un mosqueo gordo con mi padre.

—¿Y por qué?

—No lo sé, pero mi padre dice lo mismo que dicen todos: que es raro, que vive como un topo, que ha desperdiciado su vida y cosas por el estilo. Además, creo que mi abuelo y él no se tragaban. Ahí vienen Társila y Ramiro.

En efecto, por la acera bajaban los dos amigos. Társila, como siempre, abrigada hasta los ojos, y Ramiro, con el abrigo desabotonado. Parecía que en aquel momento había dos temperaturas distintas para cada uno.

—El padre de ésta me ha dado la genealogía casi completa del Pazo desde que lo compró David —comenzó a hablar Ramiro mientras sacaba del bolsillo un papel—. Fijaos, es tal y como dijo: los hombres tienen nombres que comienzan por D, y las mujeres, por S.

Nicolás cogió el papel y se puso a mirarlo. Estaba lleno de casillas, cada una con el nombre, y muchas de ellas con los números de los años. Las casillas estaban unidas entre sí por líneas verticales y horizontales.

—¿Esto qué es? No entiendo nada.

—Esto —explicó Ramiro con un tono de paciencia— es un árbol genealógico.

—Pero nosotros buscábamos un alcornoque, y no un genealógico —bromeó Nicolás.

—Un árbol genealógico es una forma de representación de los ascendientes y descendientes de una familia —explicaba Ramiro, ahora con el tono que se utilizaría para explicárselo a un niño de tres años.

—Ya lo sé, listo, ya lo sé —se apresuró Nicolás a parar la explicación de su amigo—. Se lo vamos a dar a Delio, a ver si nos vale para algo.

Se dirigieron los cuatro hacia el vagón. Caminaban codo con codo y ocupaban la acera entera.

Delio, que era muy madrugador, estaba trabajando en el reloj y tenía la mesa casi totalmente ocupada con las piezas de la maquinaria desmontada. Cuando vio entrar a los muchachos levantó la vista y dejó las gafas sobre la mesa.

—¡Caramba! Sois madrugadores. No contaba con vosotros tan pronto.

Se levantó de la silla y comenzó a retirar con mucho cuidado todo lo que tenía sobre la mesa.

—Ya sé que no habéis encontrado nada en el Pazo.

—¿Y por qué lo sabes? —se encaró Nicolás con su tío.

—Porque estábamos equivocados con eso de ir a las *cortizas* —explicó el hombre sonriendo—. No era *cortizas* lo que allí ponía.

—¡No me fastidie! —se asombró Sol—. ¿Y qué decía?

—Decía cortinas. Hay que buscar en las cortinas, amigos míos.

—Eso es imposible —protestó Ramiro.

—¿Imposible por qué? —preguntó Nicolás, contrariado porque comenzaba a pensar que su amigo no ponía más que dificultades.

—Por varias razones. ¿Quieres que te las diga?

—Pues sí.

—Pues, en primer lugar, porque en el Pazo hay demasiadas cortinas como para poder registrarlas todas. Y en segundo lugar, porque Celso no nos va a dejar hacer tal cosa. ¿O ya tienes preparada una gran mentira para contarle? Seguramente estás pensando en decirle que quieres coser las que estén rotas.

Nicolás miró fijamente a Ramiro y se mantuvo así durante unos segundos, mientras las chicas contemplaban la escena serias y preocupadas y Delio sonreía. Después le dijo:

—Ramiro, tú eres un tío listo y, a veces, buen tipo, pero, como chistoso, no te esfuerces, que no tienes gracia ninguna.

—¿Y qué puede haber en unas cortinas? —preguntó Társila, en parte por romper con aquella situación de tensión que se estaba creando entre los dos muchachos.

—Joyas, cartas... —habló Sol, como si pensara en alto.

—¿Pero cómo...? —insistía Társila—. ¿Cómo se puede esconder algo en unas cortinas?

Nadie encontraba respuesta para las preguntas de Társila. Todos permanecían en silencio. Delio recorría los rostros de los muchachos con su mirada sin decir nada. Su gesto no revelaba la misma preocupación que se podía ver en la cara de los cuatro amigos. Fue Nicolás el que se percató de esta circunstancia y le habló:

—¿Qué opinas tú, Delio? Parece como si ya supieras qué tenemos que hacer.

—Pues no, no lo sé, Nicolás, pero estoy seguro de que entre los cinco encontraremos el camino que tenemos que tomar. Vamos a ver. Pensemos cómo se puede ocultar algo en unas cortinas y que permanezca allí por muchos años.

Los chicos tenían los ojos clavados en el rostro del viejo, pero permanecieron callados después de escucharlo. No se les ocurría ninguna respuesta. Delio intentó ayudarlos y les dijo:

—A ver, id diciendo lo primero que se os venga a la mente. Vale cualquier cosa, aunque os pueda parecer una tontería. Venga, a hablar sin miedo.

—Pegadas en algún sitio que no se vea ni desde dentro ni desde fuera —comenzó Nicolás.

—Poco tiempo podrían permanecer así sin que las encontrara alguien —objetó Ramiro—. Mejor encima del todo, en la parte por donde corren.

—Difícil —comentó Sol—. En el caso de atascarse, siempre habría alguien que fuera a mirar allí.

—¡Ya lo tengo! —gritó Sol—. ¡Ya lo sé!

—¿En dónde? Venga, dilo —apremió Nicolás.

—¡En la bastilla!

—¿En dónde? —se extrañó Nicolás.

—En la bastilla. En el doblez que llevan las cortinas por debajo. No hay más que descoserlas, meter allí lo que se quiera y volver a coserlas.

Los chicos permanecieron un instante en silencio, pero en seguida comenzaron a asentir. Sólo Delio puso objeciones.

—¿Y os parece que el que haya hecho eso podría pensar que nadie se percataría de que allí había algo? Tened en cuenta el número de veces que le pasarían las cortinas por delante de los pies a la gente en todo este tiempo, porque para nosotros únicamente tiene importancia si todavía permanece allí, sea lo que sea. Y ya no os digo nada si se esconde algo más que un simple papelito, porque, si pensamos que puede haber joyas, parece imposible que todavía sigan en tal sitio.

—Un momento —comenzó Sol—. Podría tratarse de unas cortinas que no se abren casi nunca o, mejor todavía, nunca.

—Que están en una habitación en la que no entra nadie —continuó Ramiro.

—Puede ser, pero no me acaba de convencer —dudó Delio—. Pensemos más. ¿Cómo podrías tener la seguridad de que nadie va a tocar las cortinas?

—Porque están en un cuarto vacío —argumentó Társila.

—Porque hay algo que no permite correrlas —añadió Ramiro.

—O tienen algo delante de ellas, por ejemplo un sofá —seguía Sol—. Se podrían abrir, pero nunca se vería la parte de abajo. ¿Qué os parece?

Nadie respondió a la pregunta de la muchacha. Nadie objetó. A todos les convencía lo que Sol exponía, y ahora estaban tratando de imaginar una habitación en la que algún mueble tapara la parte de abajo de las cortinas.

—Bueno, parece que todos estamos de acuerdo en que tiene que ser algo así —habló Ramiro—. Habría que registrar el Pazo hasta encontrar unas cortinas que estuvieran de tal modo que, en la parte inferior, pudiera haber algo guardado y que no se pudiera descubrir. Pero volvemos al principio, ¿cómo?

—Desde luego, Celso no nos va a dejar —dijo Társila—. Eso está claro.

—Pues entonces hay que entrar en el Pazo sin que Celso esté por allí —explicaba Nicolás—, pero no se me ocurre cómo. Seguramente podríamos entrar, que no sería tan difícil, pero el mismo Celso o cualquier otra persona podrían darse cuenta de que estamos dentro.

—Únicamente de noche —propuso Sol—. Si entramos y tenemos cuidado, podríamos registrar todo el Pazo.

—Sí, vale, de noche sería posible —añadió Ramiro—, parece una solución, pero...

—Ya está éste con sus peros —protestaba Nicolás sin mirar a su amigo—. No hay nada a lo que no acabe por ponerle un pero.

Ramiro se quedó callado y miraba a su amigo, sin atreverse a continuar con lo que iba a decir.

—Nicolás, no seas así —corrigió Delio a su sobrino—. Deja a Ramiro que continúe. En asuntos de esta clase tienen mucha importancia los peros. Si cada uno de nosotros no decimos las dificultades que se nos vienen a la mente, podemos pensar que no existen dificultades, que todo es muy fácil. A ver, Ramiro, sigue.

Ramiro se sintió reconfortado con la ayuda de Delio, le dio la espalda a su amigo y habló en dirección a los demás:

—Quería decir que nosotros no podemos ir de noche sin contarles todo a nuestros padres.

—Podría ir usted —le propuso Társila a Delio.

—Escucha, muchacha, siempre he dejado bien claro que yo no voy a ir a ninguna parte. A mí, todo esto me interesa, pero no tanto... Si no podemos seguir..., lo dejamos aquí. Llamo al dueño del reloj y allá ellos que resuelvan la historia como les parezca. A mí, la vida de los demás me trae sin cuidado.

—¡Voy yo! —dijo Sol.

Todos se volvieron hacia ella y la miraban como si no pudieran dar crédito a lo que acababa de decir. Ella les sostenía la mirada, osada y retadora.

—¡Pues yo voy contigo! —era Nicolás, que se cambió de lugar y se puso al lado de su amiga. Era un poco más bajo, pero se puso muy derecho, estiró el cuerpo cuanto podía y casi igualaba la talla de la chica.

Los otros dos amigos permanecían boquiabiertos, como si no comprendieran lo que pasaba.

—Yo entiendo que, si Sol dice que va ella, éste otro diga que él va también —dijo Ramiro con segundas—. Eso cuadra. Les gusta estar juntos.

Nicolás hizo ademán de echarse sobre Ramiro,

pero Sol lo agarró con suavidad por el brazo y lo detuvo.

—Lo que ya no sé es cómo os las vais a apañar para entrar —acabó Ramiro.

—Eso no va a ser ningún problema. Vamos hoy por la tarde al Pazo y en lugar de salir, nos escondemos dentro y esperamos a que caiga la noche para registrar las cortinas. Társila, hoy me voy a dormir a tu casa.

—¿Pero no dices que vas a ir al Pazo? —preguntó Társila, extrañada.

—No seas tonta, eso es lo que les diré a mis padres. El problema es si mi madre se empeña en llamar a la tuya.

—No te preocupes; cada vez que suene el teléfono iré yo y ya se me ocurrirá alguna disculpa.

—¿Por ejemplo? —preguntó Nicolás.

—Que mi madre está en la ducha. De todos modos, será mejor que trates de convencerla para que no llame. Y tú también, Nicolás, diles a tus padres que te vienes a dormir a mi casa, que mi hermano nos va a enseñar unos juegos de ordenador.

—¡Justo! Tu hermano nos va a enseñar a comunicar por medio de Internet. Y tranquila, que mi madre no llamará a la tuya, de eso me encargo yo. Le diré que no llame, que me da vergüenza... o cualquier chorrada. ¿A ti qué te parece, Delio?

El hombre se rascó la cabeza con un gesto de cierta preocupación. Miraba a los chicos algo desconcertado, como si lo sorprendieran por su decisión.

—La verdad es que, como diría Ramiro, vuestra capacidad de inventar mentiras para llevar adelante aquello que os proponéis es considerable. También es cierto que no veo otra forma de hacerlo sin tener que contar qué nos traemos entre manos. En fin, también estoy seguro de que no hay peligro, porque, si albergara la menor duda en ese sentido, no os hubiera permitido hacer esto. Pero, ya que hemos llegado hasta aquí, os voy a decir una cosa. Una vez que estéis dentro, iré yo al Pazo. Tendréis que abrirme la puerta, pero ya hablaremos de eso.

Los chicos se quedaron asombrados al escuchar aquellas últimas palabras de Delio. Acababa de dejarles muy claro que no saldría del vagón por nada y ahora le oían decir todo lo contrario.

—Venga —continuó el viejo—, no pongáis esa cara e id cerrando las boquitas, que os van a entrar moscas. ¿Qué más tenemos?

Pasados unos segundos, Ramiro reaccionó y sacó del bolsillo el papel que le había dado el padre de Társila.

—Tengo aquí un árbol genealógico de la gente del Pazo que me ha dado Aurelio. Está completo, excepto alguna fecha sin importancia.

El muchacho extendió sobre la mesa el papel y las cabezas de todos los presentes se juntaron para mirar lo que allí había escrito.

Nadie decía nada, simplemente trataban de encajar aquello que estaban viendo con lo que ellos conocían.

—Si hacemos un recorrido por las ramas de este

árbol —comentó Delio—, constatamos ante todo que es cierto que aquí todos los hombres llevan nombres que comienzan con D y las mujeres llevan nombres que comienzan por S. Por consiguiente, las cartas son de mujeres, pero hay algo que no encaja.

—En algo encaja —corrigió Sol—. David puso en el blasón una D y una S entrelazadas, seguramente porque había decidido obligar a sus descendientes a seguir esta rareza.

—Procedamos con orden —trató de organizar Delio la lectura del árbol—. David se casó dos veces, con lo que tenemos dos líneas de descendientes. Con la primera mujer, que se llamaba Sol como tú, tuvo dos hijos. Aquí están sus nombres y sus fechas de nacimiento. El mayor heredó el Pazo, a juzgar por esta nota que pone aquí Aurelio de que los que están destacados son los herederos del Pazo. Bueno, sigamos, que éste de los distintos dueños es un buen camino. El siguiente heredero del Pazo suponemos que fue el otro hermano, que lo debió recibir del primero, que se murió soltero. Hay que preguntarle a Aurelio si ha sido así.

—El segundo, que se llamaba Darío, tuvo tres hijos y una hija —continuó Ramiro— y le dejó el Pazo a su hijo Dalmacio, que no tuvo hijos, y por eso el siguiente dueño fue Deogracias, que era sobrino.

—Para —cortó Sol—. También está destacado el nombre de la hermana de Deogracias, Superia.

—Pudo haberles dejado la herencia a los dos

—aclaró Delio—. Y ya llegamos al dueño actual que es hijo de Deogracias.

Todos se quedaron callados y un poco desconcertados. No sabían muy bien para qué valía todo aquello, hasta que saltó Társila.

—¡Aquí está!

—¿Qué? —preguntaron Nicolás y Ramiro al mismo tiempo.

—Si seguimos la otra rama del árbol, los descendientes de Sabina, la segunda mujer de David, nadie heredó nunca el Pazo, por lo que quedaron excluidos.

—Tienes razón —confirmó Nicolás—. Por eso en una de las cartas habla con resentimiento de los del Pazo, y parece reclamar la herencia cuando dice que lleva lo que le pertenece.

—Sí, pero ¿quién? —intervino Delio—. Fijaos en las cartas. Todas están firmadas con una S, pero yo sigo suponiendo que pertenecen a un hombre y a una mujer. ¿Qué hombre, si todos llevan nombres que comienzan por D?

—¡Todos no! —volvió a intervenir Társila—. Aquí hay un tataranieto de David y de la segunda mujer que rompe la tradición. ¡Se llama Silverio!

—¡Dabute! —gritó Ramiro, dándole palmadas en la espalda a Társila—. ¡Ya lo tenemos! Fíjese, Delio. La carta que suponemos que escribió un hombre de fuera del Pazo es de éste, de Silverio.

—Chicos listos, sí señor. Muy listos. Esto no es normal, pero casi me alegro de trabajar con vosotros. Sigamos, amigos, sigamos. La persona que escribía las cartas desde el Pazo era una mujer, seguramente de la misma edad o algo más joven que Silverio. ¿Quién puede ser?

—Silverio nació en 1912 —dijo Sol colocando el dedo encima de la casilla que encerraba el nombre de Silverio—. De esa edad, más o menos, tenemos a Silvana y a Sebastiana si sólo nos fijamos en las solteras, y a Serena y a Severina si también contamos a las casadas.

—Debemos descartar a Sebastiana, porque se habla de ella en una de las cartas como otra persona, por lo cual no es la firmante.

—Pues tampoco es ninguna de las tres que quedan —intervino Nicolás en un tono que revelaba su satisfacción por haber descubierto algo interesante—. La de las cartas es esta otra, Superia.

—¿Por qué te parece que es Superia? —preguntó Ramiro.

—Porque tiene ocho años menos que Silverio y en las cartas da a entender que vivía en el Pazo con un hermano suyo, o sea, con Deogracias. Todo coincide, ¿no es verdad, Delio?

—Eso parece —confirmó el viejo mientras le pasaba la mano por la nuca a su sobrino—. Superia vive en el Pazo con Deogracias y con su mujer, que son los que le impiden ver a Silverio.

Los muchachos comenzaron a saltar abrazándose y felicitándose por haber resuelto el misterio de los firmantes de las cartas. Se sentían capaces de llegar al fin del asunto e incluso les parecía que lo tenían muy cerca.

—Muy bien, muchachos; sólo una cosa más por ahora, que ya va siendo hora de que trabaje un poco, porque también tengo que ganarme la vida, ¿sabéis?

—¿Qué otra cosa? —quiso saber Ramiro.

—Los muertos citados en las cartas son estos tres —a medida que hablaba, Delio marcaba con cruces los nombres de Domitilo, el padre de Silverio, y de Dumio, tío abuelo de Deogracias. Después trazó un redondel rojo alrededor del nombre de Donicio, primo de Deogracias y de Superia—. Y este otro es el único presunto asesino que tenemos. Porque no podemos olvidar que esto, que para vosotros parece como un juego, en su tiempo costó vidas.

Permaneció absorto en el papel que contenía el árbol genealógico y con el lápiz posado encima del nombre de Donicio. Después, dejó escapar un profundo suspiro, miró a los chicos y dijo:

—Y ahora, cada uno para su casita o a donde quiera. Nicolás, tú vuelve por aquí antes de irte al Pazo, para quedar en cómo voy a entrar yo por la noche.

Se despidieron del hombre y fueron saliendo del vagón. Iban contentos por sentirse tan cerca de la solución final.

8

Por la noche en el Pazo

Tal y como habían quedado, por la tarde se fueron al Pazo. Celso les puso reparos porque era muy tarde y comenzaba a anochecer, pero acabó por ceder ante la insistencia que manifestaron, especialmente Sol y Nicolás.

Le pidieron a Celso que les enseñara las habitaciones del primer piso, aquellas que habían registrado la vez anterior.

En una de ellas había una cómoda situada al lado de una ventana, detrás de la cual se podía ver un grueso cortinón de terciopelo granate. Társila le dio un golpecito con el codo a Nicolás y éste hizo lo propio con Sol. Ramiro hizo un gesto con los ojos, torciendo la mirada en dirección al cortinón, de modo que lo vieran sus amigos, que asintieron con la cabeza disimuladamente.

En otra de las habitaciones, la cabecera de una cama ocultaba también una parte de las cortinas. Los gestos de atención se repitieron mientras Sol y Nicolás tomaban nota mentalmente de las habitaciones en las que habrían de hacer su investigación nocturna.

La noche se iba acercando y los muchachos no veían el modo de deshacerse de la incómoda presencia de Celso. Incluso llegaron a pensar que desconfiaba algo, porque aquel día no los dejaba solos ni a sol ni a sombra. Cuando los chicos volvieron a poner en práctica el truco que habían empleado en la anterior visita, de dibujar las cosas que iban viendo, él esperó a que acabaran.

Esta vez fue Társila la que encontró la solución.

—Señor Celso, ¿me puede decir dónde hay un cuarto de baño, que necesito ir?

El hombre puso cara de contrariedad al oír a la chica, pero aun así le indicó el camino.

—Allí delante, en la tercera puerta después de aquel banco azul.

Le dio las gracias Társila y se encaminó hacia donde le había dicho. Entró y cerró la puerta. Un poco después regresó y, muy disimuladamente, hizo un gesto de complicidad a sus compañeros.

Continuaron todavía un rato viendo las habitaciones y haciendo a Celso toda clase de preguntas, que, aun no siendo necesarias para el verdadero motivo que los había traído al Pazo, les parecían imprescindibles para que el hombre creyera en su falso interés por la edificación.

El bueno de Celso no era, desde luego, un historiador, y a la mayoría de las preguntas que le hacían los muchachos sobre la época de los muebles o de las partes de la edificación casi siempre respondía con frases que, de haber sido verdad lo de que tenían que hacer un trabajo para la escuela, no les servirían de mucha ayuda, porque la respuesta que más abundaba era la de «es muy antiguo» o «hace muchos años».

De repente, Társila dijo:

—Hay que irse, que ya es de noche.

No fue necesario repetírselo a Celso, que en cuanto escuchó aquello se dirigió hacia las escaleras indicando a los chicos que le siguieran. Al tiempo que caminaba apagaba las luces tras de sí. Sol, Ramiro y Nicolás estaban algo desconcertados, pero, confiaban en que Társila debía de tener algún plan preparado, así que se pusieron a andar detrás de Celso.

Iniciaban la bajada cuando Társila se paró en seco y se llevó una mano a la cabeza.

—¡Vaya! Se me olvidó cerrar las contraventanas del cuarto de baño.

—¿Y por qué las has abierto? —preguntó Celso.

—Porque no había luz y no se veía nada. ¿Quiere que las vaya a cerrar?

—No, deja que ya voy yo. Esperadme aquí.

Celso comenzó a desandar el camino. Aún no se había apartado mucho de los chicos cuando Társila habló a gritos como si ya estuvieran muy lejos:

—Nosotros nos vamos, que ya conocemos el camino. Muchas gracias y hasta mañana.

—Hasta mañana y gracias —repitieron todos mientras bajaban las escaleras corriendo.

Apuraban tanto el paso que apenas pudieron escuchar cómo Celso les recomendaba que fueran despacio y con cuidado.

Justo debajo de los cuatro o cinco primeros escalones de la escalera, había un hueco que habían considerado como el mejor lugar para que se escondieran Nicolás y Sol. No era un buen escondrijo porque, si bien era cierto que Celso no los podía ver cuando bajara y saliera por la puerta, ya que quedarían a sus espaldas, siempre existía el peligro de que los oyera o, lo que todavía sería peor, los pudiera ver si se le ocurría salir por la puerta del jardín. En ese caso estarían a descubierto y bastaría con que Celso mirara hacia allí para que pudiera verlos por poca que fuera la luz que entrase por la puerta trasera.

Confiados en que todo sucedería como era de esperar y Celso saldría por la puerta del patio sin mirar hacia atrás, Sol y Nicolás se metieron debajo de las escaleras. Se situaron muy juntitos y apretando contra el pecho las mochilas en las que habían metido algunas de las cosas que habían pensado que necesitarían por la noche.

Celso no bajaba. Lo que habían acordado los chicos era que, mientras Sol y Nicolás se escondían, Ramiro y Társila se iban y atravesaban el patio corriendo para que, cuando el hombre llegara fuera, no lograra ver que sólo iban dos. La puerta había quedado entornada y la oscuridad era casi total. Los dos amigos permanecían en silencio y sin moverse, los dos tenían la boca abierta, porque de ese modo les parecía que se escuchaba menos su respiración.

Sintieron los pasos de Celso en las escaleras. Cada vez sonaban más cerca. Pronto sabrían si se dirigía directamente a la puerta que daba al patio o si lo hacía hacia la puerta del jardín. La oscuridad era casi absoluta y esto les daba algo de tranquilidad.

Llegó el hombre y, sin parar, salió y cerró la puerta. Sol y Nicolás oyeron cómo le daba vuelta a la llave y soltaron el aire que retenían en el pecho. No se veían el uno al otro, pero se dieron un golpecito con el codo. Por ahora estaban a salvo.

Esperaron todavía un poco antes de salir de debajo de las escaleras. Se pusieron de pie. Tenían las piernas entumecidas, no por el tiempo que habían permanecido en cuclillas, que no había sido mucho más de cinco minutos, sino por la tensión nerviosa que habían acumulado hasta que Celso salió y cerró la puerta por fuera. Ahora se sentían aliviados y se reían mientras frotaban las piernas para desentumecerlas.

—¿Qué hora es? —preguntó Sol.

Nicolás revolvió dentro de su mochila en busca de la linterna. Cuando la encontró la encendió con el propósito de dirigirla hacia su reloj de pulsera. Sol la empujó con fuerza para que la luz apuntara en dirección contraria y le señaló la parte de abajo de la puerta. Nicolás comprendió que era una medida prudente, porque alguien podría darse cuenta de que había gente dentro si se fijaba en que se veía luz por debajo de la puerta.

—Son las siete. Dentro de hora y media vendrá Delio. ¿Qué vamos a hacer mientras tanto?

—Vamos a subir al primer piso.

Al mismo tiempo que decía esto, Sol recogió su

mochila del suelo y la echó a la espalda. Nicolás hizo otro tanto y comenzaron a subir las escaleras.

—Espera —lo llamó Sol—. Vamos por la escalera principal.

—¿Por qué?

—Porque arriba, al terminar la escalera, no hay ventanas y no existe peligro de que alguien pueda ver las luces desde fuera.

—¿Y por dónde se va?

Sol dudó un instante, pero pronto se orientó y echó a andar seguida de su amigo. Llegaron a un pasillo, y por él fueron a dar a la puerta principal. De allí, en un amplio espacio, arrancaban las anchas escaleras. Las fueron subiendo, con la luz hacia abajo, con la linterna casi pegada al suelo, para evitar que se pudiera advertir su presencia si la luz se colaba por alguna de las estrechas y altas ventanas que había en el primer tramo de la subida.

Llegaron arriba delante de la puerta vidriera que separaba la cima de la escalera principal del pasillo. Intentaron mover la manecilla, pero estaba cerrada con llave. Nicolás hizo lo mismo en la puerta que daba al gran salón en el que habían estado el primer día.

—Sol —habló bajito—, está abierta.

La chica se acercó y ambos metieron la cabeza en el interior de la gran habitación. Entraron. Al principio no sabían qué hacer allí hasta que Nicolás echó mano de la linterna y comenzó a palpar los bajos de los gruesos cortinones. Los recorrió todos, registrándolos con mucho cuidado.

—Nada. Aquí no hay nada. Voy a mirar en las otras habitaciones.

—Ten cuidado con la luz, Nicolás, que la estás paseando por las paredes como si nada y la pueden ver desde fuera. El muchacho apuntó hacia el suelo y se acercó a la puerta del comedor, la abrió y entró. Regresó inmediatamente.

—En el comedor no hay ninguna cortina.

Entró en la biblioteca y pronto salió diciendo que no había nada en las cortinas. Seguía cerrada con llave la puerta que Celso había dicho que siempre lo estaba, porque era el gabinete de trabajo de don Diego. Sólo quedaba una. La abrió Nicolás y entró. Sol permaneció en medio del salón con su linterna en la mano.

—Ven, Sol. Ven, que aquí hay algo —Nicolás le hizo gestos a su compañera desde la puerta de la habitación para indicarle que se acercara, y se metió otra vez dentro sin esperar a su amiga.

Cuando llegó Sol al lado de Nicolás, éste estaba en cuclillas y palpaba los bajos de los visillos que había entre los cortinones de terciopelo y los cristales.

La chica se acercó y también palpó en donde le indicaba su amigo. Al poner la linterna por el otro lado de la tela, el trasluz dejó ver la silueta de un pequeño disco con un agujero en el centro.

—¡Son monedas! —exclamó Nicolás.

Sol negó con la cabeza mientras buscaba otro disco igual. Después, todavía encontró otros dos más.

—No. Son discos de plomo que se cosían aquí, en los bajos de los visillos, para que hicieran de peso y la tela tuviera mejor caída.

Salieron de la habitación. Echaron otra mirada al salón y regresaron a la parte alta de la escalera.

A Nicolás le hervía la sangre de ganas de recorrer el Pazo entero para registrar cortinas, y propuso dar la vuelta por las otras escaleras, aquellas por las que subían siempre, para mirar las habitaciones que allí había.

Sol accedió y, cuando estuvieron de nuevo en el otro lado de la puerta vidriera, el muchacho entró en la primera habitación y registró las cortinas. Salió de aquélla e hizo lo mismo en la siguiente, así hasta recorrer todas las de aquel pasillo. La muchacha lo esperaba parada, con una mochila a cada lado de sus pies.

—¡No hay nada, maldita sea! ¡No hay nada! —decía Nicolás mientras abría puertas y más puertas.

—Espera un poco y tranquilízate, Nicolás. No te vuelvas loco. No hace falta palpar todas las cortinas. Basta con las que estén detrás de algún mueble. ¿No recuerdas?

—Las que están detrás de la cómoda, sí, pero las de detrás de la cama no fui capaz de sacarlas. Deben de estar sujetas.

—Muy bien, pues ésas son las que hay que mirar, pero será mejor esperar a que venga Delio.

—¿Y qué vamos a hacer mientras tanto?

—Esperar.

—Es que todavía falta casi una hora. ¿Por qué no vamos a ver el resto del Pazo?

Sol se quedó un momento en silencio. Después recogió su mochila y se la colocó en la espalda. Nicolás hizo lo mismo y se pusieron los dos a andar.

Recorrieron el Pazo entero. Primero, la planta baja. Allí había una cocina enorme y habitaciones en las que se guardaban víveres; otras en las que había herramientas para trabajar en el jardín o en el monte, al otro lado del río. También había carruajes antiguos.

Después pasaron a la otra ala, aquella en la que no habían estado nunca. El piso superior estaba todo él ocupado por un salón, que Sol dijo que debía de ser para bailes, a juzgar por la disposición de los muebles. Varios balcones daban al patio.

Nicolás seguía con la manía de palpar las cortinas y Sol no se lo impidió.

Regresaron a la planta baja y la recorrieron toda para poder llegar a la torre. Las escaleras que subían a ésta eran de piedra. Los dos pisos superiores estaban completamente vacíos, no había muebles ni cortinas.

Se fueron hasta la puerta que habían quedado en franquearle a Delio a las ocho y media. Era aquella por la que habían salido una vez y que habían observado que no se cerraba con llave, sino con un pestillo desde dentro.

Allí dejaron las mochilas y se sentaron en el suelo, con la espalda apoyada en la pared.

—Muy bien, ya hemos hecho lo que tú querías —habló Sol—. Ahora a esperar a que venga Delio.

Nicolás se quedó callado. Se abrazó las piernas y colocó la cabeza entre las rodillas. Sol apagó su linterna y a continuación colocó la de Nicolás contra la pared, de modo que quedaron en una suave penumbra.

—Sol.

—¿Qué?

—¿Tú qué piensas de todo esto que estamos haciendo?

—¿De qué? ¿De estar aquí buscando algo en los bajos de las cortinas?

—Sí. Y de todo —respondió Nicolás con la certeza de que no aclaraba mucho de su pregunta.

—Hombre, es bonito intentar encontrarle una explicación a las cosas. Alguien escondió todo esto que estamos encontrando. Por algo lo habría hecho.

—Pero es que, bien pensado, ¿a nosotros qué nos importa? Allá ellos.

—Eso es cierto, pero en las cartas se ve que Superia, si es la que hizo todo esto, llegó a sufrir mucho. Y, aunque sea después de tanto tiempo, parece justo que se cumpla su voluntad si somos capaces de hacerlo bien.

Sol, que mientras hablaba miraba para la punta de sus zapatos, que veía con dificultad, continuó después de un corto silencio:

—Además, yo le he oído decir a mi padre que nuestros tatarabuelos, todos ellos, trabajaron para el Pazo, pero nadie sabía lo que pasaba dentro porque nunca los invitaron a pasar. Sólo sabían del trabajo y de los foros, el resto era un secreto. Pues ahora vamos a saber algo, porque ya has oído lo que dijo Delio: aquí dentro hubo muertes.

—Además, yo tengo el presentimiento de que, cuando sepamos todo lo que pasó en este lugar, ya nunca más veremos el Pazo del mismo modo.

—Tienes razón, Sol —asintió Nicolás—, y Delio dice también que conoceremos cosas sobre las personas que nos enseñarán a ser mejores.

Nicolás se quedó callado. Seguía en la misma postura y miraba el rostro de su amiga, débilmente iluminado por la luz de la linterna que rebotaba en la pared.

—El condenado de Ramiro se pasa el día metiéndose conmigo porque dice que me gustas y que quiero siempre estar contigo. Un día le voy a partir los morros.

—¿Pero no es tu mejor amigo?

—Sí, pero no me gustan nada esas bromas. Además, dicen que quien te gusta a ti es Carlos de Valmor...

—¿Qué dices? ¡Qué me va a gustar a mí ese imbécil! ¡Pero si es tonto del culo!

—Pues él lo dice.

—Que diga lo que quiera. No es cierto. Yo le gusto a él, pero él a mí no. Así que no hay nada que hacer, porque hace falta que nos gustemos los dos. Además te voy a decir una cosa.

—¿Qué?

Sol, que en ese momento miraba a Nicolás, apartó la vista y se fijó en la linterna un instante. Después volvió a mirar al muchacho.

—Carlos me mandó una vez una carta y, si ya antes no me gustaba, después menos. Si será burro, que me escribía en la carta: «Sol, te *ciero*. ¿Sales conmigo?» ¿Cómo me va a gustar semejante tonto que ni siquiera sabe escribir?

—Bueno, tía, perdona. Si tú dices que no te gusta, no te gustará. Y ya ves, yo me alegro de eso, porque tú a mí sí que me gustas.

Permanecieron los dos en silencio. Nicolás apagó la luz. Sol, en la oscuridad, le agarró la mano.

—Tú a mí también me gustas, Nicolás. Quiero salir contigo.

Se acercaron el uno al otro, sin soltarse las manos. Al poco rato ya veían algo en la oscuridad. Sol besó suavemente la mejilla de Nicolás, que entonces consideró un acierto haber apagado la luz; así, Sol no podría notar cómo se le ponía la cara colorada.

En aquel mismo instante, un ruido los sobresaltó. Los dos muchachos se miraron y no les hizo falta interrogarse si había sido o no un ruido lo que los había asustado, porque justo en aquel momento oyeron que se cerraba la puerta por la que ellos entraban siempre que venían con Celso.

—Ahí anda alguien —dijo Sol muy bajo.

Nicolás respondió con un sí, también muy bajito, y se apretaron el uno contra el otro.

—¿Qué hacemos? —preguntó Nicolás.

—No sé. Déjate estar. Seguro que es Celso. Si no nos movemos ni hacemos ningún ruido, no nos va a encontrar.

Ahora oían puertas que se batían encima de sus cabezas.

—No tengas miedo, Sol, que muy pronto va a venir Delio.

—No, si yo no tengo miedo. ¿Y tú?

—Yo tampoco. Lo que tengo es frío, mucho frío —dijo Nicolás, al que le castañeteaban los dientes.

—Yo también, y eso que estamos bien abrigados. Seguro que eso es el miedo: el frío.

Pararon los ruidos arriba, pero los dos chicos seguían muy juntos y sin moverse para nada.

A las ocho y veinte comenzó a sonar el reloj de pulsera de Nicolás. Aquello puso tan nerviosos a los dos amigos, que Nicolás no conseguía acertar con el botón para parar la alarma que había programado para la hora en que debía abrir la puerta. Por fin consiguió parar el pitido y permanecieron inmóviles al acecho. No se oía nada.

—Esto no se oye arriba —dijo Nicolás para tranquilizar a su compañera.

Se levantaron y comenzaron a pelear con el pestillo de la puerta. Estaba muy recio y les dio trabajo conseguir abrirla, pero al final lograron dejar la puerta libre de obstáculos. Regresaron al lugar que antes ocupaban, bien pegados contra la pared.

—¿Sientes mi corazón, Nicolás?

—No. ¿Y tú el mío?

—Tampoco, pero es que el mío late muy deprisa y muy fuerte.

—El mío también, pero no se siente. Es que estamos un poco nerviosos. Ese condenado de mi tío no acaba de llegar nunca. Pero tú estáte tranquila, Sol, que yo no voy a dejar que te pase nada.

Pasaba muy poco de las ocho y media cuando llegó Delio. Empujó la puerta con cuidado y entró. Los chicos no hicieron ningún movimiento hasta que oyeron que les llamaba en voz baja:

—Nicolás.

—Aquí estamos —le respondió el sobrino.

Cuando estuvieron los tres juntos, Nicolás informó a su tío de que había alguien en el edificio, porque lo habían oído entrar.

—Debe de ser Celso, porque hemos oído cómo cerraba la puerta por dentro con la llave.

—No, Nicolás. No es Celso. Yo sé perfectamente quién es. Vamos allá con cuidado. ¿Tenéis ya alguna idea clara de dónde tendremos que buscar?

Nicolás le dijo a su tío que había registrado todas las cortinas del Pazo, excepto las que estaban enganchadas detrás de la cama.

—Muy bien, Pues tienen que ser ésas. Después tengo que contaros muchas averiguaciones que hemos hecho esta tarde Aurelio y yo.

Atravesaron la planta baja hasta llegar a las escaleras que los condujeron al pasillo del primer piso. Esperaron antes de comenzar a subir por si oían a alguien. Subieron con mucho tiento. Delante iba Delio, que alumbraba con una linterna el camino. Detrás, los dos muchachos con otra linterna.

Con todas las precauciones, llegaron hasta la habitación en la que había estado Nicolás.

Delio tiró con fuerza de las cortinas, pero no pudo

arrancarlas de donde estaban sujetas. Los muchachos permanecían cerca de la puerta vigilando el pasillo por si sentían algún ruido. Pero el Pazo volvía a estar sumido en el silencio.

Comenzaron los tres a tirar de la cama hacia atrás y, con ella, venían arrastradas las cortinas. Cuando ya la tenían más de medio metro separada de la pared, pudieron observar cómo una de las puntas inferiores de los gruesos cortinones de terciopelo estaba atada al pie de la cama.

Sin soltarlo palparon la bastilla y notaron la presencia de varios objetos en su interior. Delio sacó del bolsillo una navaja pequeña y comenzó a descoser los bajos del cortinón. Poco tardó en retirar del escondrijo joyas y papeles que allí se guardaban.

Eran collares, broches, pendientes, relojes..., que el hombre iba depositando en el suelo. Cuando ya no quedaba nada en la bastilla de la cortina, comenzó a revolver en los objetos.

—Nada, aquí no está.

—¿Qué es lo que no está? —le preguntó Nicolás.

—El Deus Solis.

—¿Y eso qué es? —era Sol la que preguntaba ahora.

—Eso es la causa de todo lo que pasó aquí, el D-S de que hablan las cartas. Se trata de una joya que David mandó hacer para su segunda esposa, Sabina. Le llamaban así por su forma. David había mandado engarzar un gran diamante (se decía que era el quinto más grande del mundo) en una pieza de oro en forma de sol.

—¡Como el dibujo! —exclamó Nicolás.

—Exactamente. David, al no poder comprar el marquesado, se inventó un blasón: un sol con una D y una S en el medio, y acordó que sólo le heredarían los que cumplieran su antojo de conservar siempre la D y la S en los nombres y en los matrimonios.

—¡Qué pena de gente! Tener que preguntarle el nombre a cada persona para ver si le conviene o no enamorarse de ella —exclamó Sol tocando ligeramente la mano de Nicolás, que se estremeció un poco.

—David era un hombre soberbio que sólo engendró hijos soberbios y codiciosos —siguió Delio—. Porque los del Pazo nunca han entregado la herencia a los de la rama de Sabina, los Pimentel. Ni el Deus Solis ni ninguna otra cosa. Todo esto fue causa de conflictos durante años entre las familias.

—¿Y quién anda ahora por el Pazo? —preguntó Sol.

—Es Silverio, vi de lejos cómo entraba. Ayer estuvimos Aurelio y yo hablando con él. Queríamos aclarar algo de esta historia. Es el único de los descendientes de David que todavía vive en Eiravella. Siempre codició el Deus Solis como un derecho de su familia, y siempre estuvo seguro de que estaba en el Pazo, por eso nunca se apartó de él. Pero no os preocupéis. Le dije que estaba enterrado debajo del alcornoque y debe de estar allí cavando.

Delio tomó los papeles y comenzó a mirarlos a la luz de la linterna. Eran cuatro o cinco, pero sólo uno estaba escrito. Delio comenzó a leerlo de modo que lo oyeran los chicos.

«Amor mío:

Ya todo se acaba. La búsqueda y nuestro amor. Mañana debo abandonar el Pazo. No sé adónde me llevarán y sólo deseo que tenga un jardín con adelfas. Para despedirme de ti, me iré a sentar en el más alto banco de la torre, al pie de la ventana. Allí te hablaré como si te tuviera enfrente, porque sé que algún día has de ir a buscar lo que más deseas del Pazo.

Mi amor será eterno, porque donde vaya mi alma llevará escrito tu nombre.

S.»

—¡Ya está! ¡En el banco de la ventana más alta de la torre! —exclamó Delio casi gritando—. Vamos allá, amigos. ¿Por dónde se va a la torre?

—Tenemos que ir abajo y subir las escaleras que hay al fondo del todo —informó Sol.

Bajaron con toda la prisa que les permitía tener que moverse sin más luz que la de las linternas, pero poco tardaron en subir las escaleras que llevaban a la torre.

Las escaleras tenían un tramo que iba arrimado a la pared exterior hasta un descansillo, y el siguiente giraba en sentido contrario. En los descansos había una ventana, y en cada una, un par de bancos enfrentados.

Subieron hasta el último descanso y allí Delio comenzó a alumbrar debajo de los bancos que, situados en el mismo hueco de pared en el que se abría la ventana, estaban el uno frente al otro. Tocaba las piedras e intentaba moverlas con fuerza. Por fin una se movió un poco.

—Ésta es —dijo el hombre—, pero haría falta alguna herramienta con la que poder hacer palanca para que salga.

Nicolás empezó a revolver en el interior de su mochila y sacó de ella sus cubiertos, los mismos que había usado para hurgar en las grietas del alcornoque. Cuchara, cuchillo y tenedor formaban un conjunto que se mantenía unido por medio de una abrazadera.

—A ver si te vale esto —dijo dándoselos a su tío—. Son de acero.

El hombre agarró la cuchara y comenzó a rascar con ella alrededor de la piedra. A medida que la iba liberando del suave mortero con el que estaba pegada, se movía con más facilidad, hasta que de una vez pudo agarrarla bien y tiró de ella. Salía con facilidad. Era larga y dejó un profundo hueco en su sitio.

Delio sudaba a chorros. Metió la mano como con miedo. Parecía que la estaba metiendo en el agujero de una culebra. El brazo se introdujo hasta el codo. El espacio debía de ser amplio, porque los chicos veían, a la luz de la linterna que Delio tenía encendida en la mano izquierda, cómo se movía la derecha en el interior. Por fin comenzó a retirar el brazo del agujero. Lo hacía despacio, como si trajera algo muy frágil en la mano.

Era un envoltorio de tela. Delio lo sacudió y cayó algo de mortero barroso que mantenía la piedra en el hueco. Después comenzó a abrirlo. Era un pañuelo exactamente igual al primero, aquel que Nicolás y Delio habían encontrado en el doble fondo del reloj.

Cuando estuvo totalmente extendido en la palma de la mano de Delio, dejó ver una pieza de oro en forma de sol. Era tan grande como la palma de la mano del hombre.

—¡Lo hemos encontrado! —exclamaron casi a al mismo tiempo Sol y Nicolás.

—Pero le falta la piedra —dijo Delio con un tono de clara desilusión—. No está el diamante.

—A lo mejor no había diamante ninguno —trató de consolar Nicolás a su tío al notar como éste se mostraba defraudado ante el hallazgo.

—Sí que había. Aquí están los enganches que lo sujetaban. Y ciertamente que debía de ser una piedra de buen tamaño.

Ahora, todos miraban el Deus Solis en silencio. Delio comenzó a doblar nuevamente el pañuelo y lo guardó en el bolsillo de la zamarra. Después colocó la piedra en su sitio.

—Muy bien, chicos. Aquí ya no nos queda nada por hacer. Vámonos a casa y allí hablaremos.

Comenzaron a bajar las escaleras. Cuando estaban a la altura del segundo piso de la torre, Sol se acercó a una de las ventanas que daban al jardín y miró hacia fuera.

—¡Nos ha visto! —hablaba muy nerviosa—. Debió de ver las luces y viene hacia aquí.

—No tengáis miedo —Delio dejó su linterna en el suelo y mandó a Nicolás que encendiera la suya—. Vamos a dejarle esto aquí para que venga a la torre mientras nosotros nos vamos. Si quiere hablar conmigo, ya sabe dónde tiene que ir.

Salieron por la misma puerta por la que había entrado Delio y la dejaron entornada.

Atravesaron el patio a buen ritmo. Los muchachos hubieran preferido correr, pero no quisieron dejar a Delio atrás.

9

SILVERIO

Cuando llegaron al vagón, los chicos se encontraron con la sorpresa de ver allí a Társila y a Ramiro en compañía de Aurelio, el padre de Társila. Eran casi las diez de la noche

Se abrazaron los cuatro muchachos como si hiciera mucho tiempo que no se hubiesen visto.

—Antes de nada vamos a preparar algo caliente, que ahí fuera hace mucho frío —dijo Delio quitándose la zamarra y dirigiéndose a la cocina, encima de la cual puso una tartera con leche y otra con agua para el café.

Los cuatro muchachos se sentaron juntos en una esquina arrimados a la pared. Ramiro y Társila informaron a los recién llegados de cómo Aurelio había hablado con los padres de todos ellos para decirles que estaban con él, al parecer, después de tener una larga conversación con Silverio en su casa. Después, mientras Delio se había ido al Pazo, Aurelio, Társila y Ramiro se habían venido al vagón.

—Con gran enfado por parte de mi hermano —comentó Társila—, que también quería venir, porque, como es mayor, le parecía que, si yo estaba, con mayor razón debería participar él en una cosa como ésta, pero mi padre le dijo que se quedara en casa, que él no pintaba nada aquí.

—¿Y mis padres saben, entonces, que yo he estado en el Pazo? —preguntó Nicolás.

—No —le respondió Ramiro—, únicamente que estamos todos con Aurelio y que esta noche dormimos todos en su casa.

—Bien, chicos, ya está el café —les dijo Delio—. Vamos a tomarlo mientras hablamos.

Delio colocó en torno a la mesa, entre sillas, banquetas y cajas, asientos para todos. Cuando estuvieron sentados y con una taza de café con leche delante de cada uno, comenzó a hablar.

—Empecemos por decir que encontramos el Deus Solis, pero sin el diamante. Ése no sé por dónde andará. Como ya sabéis, poco después de iros, llamé por teléfono a Aurelio y le conté todo este asunto. Él era quien mejor conocía la historia del Pazo y, por tanto, el más indicado para acompañarme a hablar con Silverio. Tanto es así, que resultó que de muchas de las cosas estaba él mejor informado que el propio Silverio.

»Las cartas eran, efectivamente, como había descubierto Nicolás, de Superia, excepto una, que es de Silverio. Toda esta historia está provocada porque todos querían tener el Deus Solis, una joya que, nacida en la cabeza del soberbio David, estaba destinada a que la luciera Sabina y que representara un blasón que David se había inventado, enfadado por no poder hacerse con un marquesado, al que él siempre consideró que tenía derecho. Tal joya, compuesta, como sabéis, por un gran diamante engarzado en un sol de oro, llegó a convertirse en un objeto de deseo para todos cuantos la vieron o simplemente tuvieron noticia de ella. Se decía que valía más que el propio Pazo.

»Los descendientes de Sabina, que desde siempre habían sido separados de la herencia del Pazo, consideraban que el Deus Solis les estaba destinado a ellos. Por ello lo persiguieron por todos los medios. Pero llegó un momento en que nadie sabía dónde estaba. Ahora sigue tú, Aurelio, que conoces mejor los nombres y las familias.

Aurelio desplegó ante los chicos una hoja que contenía un árbol genealógico de la gente del Pazo, como aquel que le había entregado a Ramiro.

—Tendremos que ir siguiendo esto para comprender todo bien —empezó—. Como sabéis, el Pazo fue comenzado a construir en 1650 por orden de Francisco Dosil y Álvarez Ferreño. Fue pasando de padres a hijos hasta que, en 1826, lo compra David. Éste dispone en su testamento que herede el Pazo su hijo Dumio, con la condición de que viva en él y tenga hijos. Esto lo hace cuando Dumio está estudiando en un seminario con satisfacción por parte de su madre, pero contra la voluntad de su padre. La intención del anticlerical David es la de hacerle abandonar la carrera eclesiástica, pero, por si acaso, añade que, de no cumplirse esa condición, sea el otro hijo, Darío, el que reciba el Pazo.

»En 1868 muere David y Dumio alega que él todavía puede cumplir esa condición, y se hace con el Pazo, en el que siguen viviendo también su hermano Darío y su cuñada Sabela. Pero en 1874 hacen obispo a Dumio, que tiene que marchar a Roma. Entonces decide pasarle el Pazo a Darío, con la condición de que el Deus Solis sea para él, contra lo que dicen los testamentos de David y Sabina, que disponían que pasara a su hija Silvina. ¿Me vais comprendiendo?

—Sí, sí —afirmó Ramiro—. Si se sigue el árbol es fácil de comprender. Continúe.

—Muy bien. Pues sigamos. Dumio se marcha a Roma y lleva consigo la joya, pero poco después Silvina y Damián se presentan en el Pazo para reclamar lo que es suyo. Daos cuenta de que entonces todos conocían el enorme valor de la pieza porque el orgullo de David se había encargado de que así fuera. Regresa Dumio de Roma y la trae consigo. Primero intenta convencer a su media hermana de que le permita entregársela al Vaticano para beneficio de la Iglesia católica y, en vista de que Silvina no se siente tan generosa, comienza a decir que no la tiene, que está en Roma, pero como nadie se lo cree se niega en redondo a entregarla.

»Al día siguiente, Dumio aparece muerto en su cama. Se sabe por qué, había sido envenenado con savia de adelfa, pero no se sabe por quién. Los del Pazo siempre le echaron la culpa a los Pimentel, a Silvina o a su marido, Damián, pero Silverio dice que Dumio no habría de comer nada preparado por ellos, sino únicamente algo que le dieran los del Pazo.

—¿Y el Deus Solis quién se lo llevó? —pregunta Sol.

—Buena pregunta —sonríe Aurelio—, pero no existe respuesta. Ése es el justo momento en que desaparece la joya, pero no desaparece del todo, sino que se engrandece a causa de la codicia. Nadie sabe dónde está, pero todos la buscan sin reparar en medios para hacerse con ella.

»Darío muere en 1910 y le deja el Pazo a su hijo Dalmacio. Éste parece ser que era un buen hombre que sólo trataba de poner paz en las familias y le prometió a su prima Sira que, si lograba encontrar el Deus Solis, se lo entregaría. Pero no lo debió de encontrar o pudo más la oposición de su hermana Sara a que hiciera tal cosa, porque ésta consigue que Dalmacio nombre herederos del Pazo a partes iguales a Deogracias, hijo de su primer matrimonio con Daciano, y a Superia, hija de su segundo marido, Daniel.

»No he conseguido averiguar si Deogracias conoce el paradero del Deus Solis. Sólo estoy seguro de que hay dos personas que lo reclaman. Por parte del Pazo, su primo Donicio, seguramente en representación de todos sus hermanos, y por parte de los Pimentel, Domitilo, el padre de Silverio. Deogracias inventa un modo de deshacerse de los dos y le dice a Donicio que se lo va a entregar a Domitilo, porque éste le tiene muy amenazado.

»Donicio y Domitilo se entrevistan en el Pazo un día del año 1939, en presencia de la hermana de éste, Sira, y de Deogracias. Supongo que hubo grandes discusiones en torno a los derechos sobre el Deus Solis. Tomarían algo de beber o de comer, y el caso es que al día siguiente Domitilo amanece muerto, envenenado con savia de *nerium oleander.*

—¿Y eso qué es? —interrogó Nicolás.

—Eso es el nombre científico de la adelfa, planta de la familia de las apocináceas que tiene una savia que es un potente veneno.

—Y si nunca se ha sabido hasta ahora que esos dos murieron envenenados, ¿por qué ahora decís vosotros que fue con la savia de la adelfa?

—Por varias razones —intervino Delio—. La primera, y la más importante, porque nos lo dijo Silverio, que se lo oyó a su abuela, a quien se lo confesó Sebastiana, hermana de Donicio. Y en segundo lugar, ya habéis visto perfectamente la cantidad de adelfas que hay en el Pazo. Y para acabar, recordad la carta de Superia que acabáis de encontrar en el Pazo, en la que habla también de las adelfas.

—Pues ya volvemos a Silverio —apuntó Aurelio—. Será mejor que sigas tú, Delio. Aunque falta decir que Donicio se marcha a Cuba y no regresará ya nunca.

—Sigo. Aquí es donde entra Silverio, que tiene veintisiete años cuando muere su padre. ¿Qué mejor venganza para la muerte de su padre que apoderarse del Deus Solis? Así que inventa el modo de hacerse con él por otro camino, visto que reclamaciones y enfrentamientos no han dado resultado durante generaciones.

»Silverio hace como que se olvida de la muerte de su padre y que no le importa el Deus Solis. De ese modo consigue la confianza de Deogracias. Los dos tienen casi la misma edad y una afición común: la caza. Nos dijo Silverio que muchas veces se le pasó por la cabeza pegarle un tiro a Deogracias cuando lo tenía delante, de espaldas, y él estaba con la escopeta en la mano, pero eso no daría satisfacción completa a su deseo.

»Deogracias sentía adoración por su media hermana Superia, que en aquel entonces tenía veinte años. Silverio la ronda y la enamora, que es lo que él se proponía como primer paso para llegar al Pazo y al Deus Solis, porque en esa época él aspiraba a hacerse con las dos cosas. Deogracias, algo cegado por la amistad, no se da cuenta de las maniobras de Silverio hasta que los amores están iniciados. Entonces se enfada de tal modo, que expulsa a Silverio del Pazo y lo amenaza con matarlo si lo vuelve a ver en él, y a Superia no le permite salir fuera si no es acompañada por Saleta, su mujer.

»Superia comienza a ponerse mustia, enferma de amor. Silverio mantiene como puede ese amor, pero ve que va a ser imposible conseguir a Superia, que cada vez pierde más el juicio, con lo que comienza a apremiarla para que busque el Deus Solis y se lo entregue. Cuando lo tenga, irá a buscarla y huirán juntos muy lejos, le dice.

»Superia se pone cada vez más enferma de la cabeza. Es en esa época cuando comienza a poner las joyas y cartas en los escondrijos. Como Silverio no puede entrar en el Pazo, la convence de que le vaya dejando pistas para poder localizar el Deus Solis cuando ella lo encuentre. Superia le escribe cartas que esconde, siempre pensando que un día las habrá de leer Silverio. Son muy pocas las que le hace llegar a su enamorado, y muchas menos las que éste puede enviarle a ella.

»Deogracias ve cómo su hermana desvaría cada vez más en todas las cosas excepto las tocantes a Silverio, en las que parece razonar debidamente, y a insistir cada vez más en ellas. Por eso toma la decisión de hablar con unas monjas que tenían un convento en unas tierras que pertenecían a la familia, primero pensando en que profese, pero como las monjas dicen que eso no puede ser, dado el estado mental de la muchacha, se conforma con que la acojan y la atiendan.

»Superia tarda poco en morir. En la clausura empeora con rapidez. Hablaba horas y horas con Silverio como si lo tuviera al lado, siempre sentada en el medio de...

—De las adelfas, ¿verdad? —cortó Sol.

Delio sonrió con un gesto afirmativo de cabeza. Después abrió los brazos y dijo:

—Y ésta es la historia del Pazo y del Deus Solis. Ésta es la historia que estaba contenida en el doble fondo de este maravilloso reloj inglés que ahora podré acabar de arreglar. Unos acontecimientos desgraciados, hijos de uno de los sentimientos que más infeliz hace a la gente: la codicia.

Todos permanecieron callados mientras miraban

las últimas joyas, las que habían encontrado en la bastilla de las cortinas, que Delio estaba depositando sobre la mesa. Se levantó y fue a buscar en el bolsillo de la zamarra el pañuelo en el que estaba envuelto el Deus Solis. Lo abrió y lo dejó, brillante como nuevo, en el centro de la mesa.

En ese mismo instante, la puerta del vagón se abrió de golpe y se dibujó contra la oscuridad la figura de Silverio. Era un hombre ya muy mayor, alto y con apariencia de conservar muchas y buenas fuerzas.

—¡Alto ahí, relojero! —gritó al entrar en el vagón—. Ahí hay algo que me pertenece. Tú nada tienes que ver en esto. Has venido a meter el hocico sin que nadie te hubiera llamado, pero te lo agradezco porque has dado al fin con lo que yo he andado buscando durante toda mi vida. Es de ley que me lo entregues, porque ahora tú ya sabes que es mío.

Los muchachos se habían levantado corriendo de los asientos y estaban los cuatro juntos en una esquina del vagón.

—No tengáis miedo —los tranquilizó Delio—. Silverio no le va a hacer daño a nadie. Será mejor que te sientes —ahora se dirigía a Silverio y le ofrecía su silla—. Si tuyo es, a ti te lo entregaré, que, aunque nadie me ha llamado a meterme en esto, si en mi mano está que se haga justicia, se hará. Pero tengo que decirte que yo no he encontrado más que el sol de oro. El diamante no estaba.

Silverio rodeó la mesa y se fue a sentar en la silla

que Delio le había ofrecido. Parecía estar más calmado y así lo reflejaba su rostro.

—Ya lo sé. La piedra ya hace cerca de cincuenta años que la he conseguido. Fue de ella de lo que he vivido durante todo este tiempo.

—¿La has vendido? —preguntó Delio.

—Sí. Mi hermano Donasio y yo, con el conocimiento de nuestro primo Dióscoro, que éramos los tres únicos y legítimos herederos del Deus Solis, nos fuimos a Amsterdam, a la famosa casa de diamantes Coster. Siempre se había dicho que era uno de los cinco diamantes más grandes del mundo, pero resultó que contenía muchísimas impurezas y sólo tenía valor cortado y tallado. Por eso hemos convertido en pequeñas piezas, que hemos repartido como Dios manda, el motivo del orgullo de nuestro tatarabuelo David.

—Pero ¿ y no has quedado conforme con eso?

—Pues sí, ya ves. Nunca más volví a entrar en el Pazo, a sabiendas de que lo podría hacer en cualquier momento, que yo siempre he tenido llaves de todas las cerraduras, y buscar otras joyas que yo sé que Superia escondía para que yo las recibiera. No me importaban. Siempre he tenido el convencimiento de que acabaría por venir a mis manos, aunque fuese ahora, cuando me llega la hora de la muerte. No me preguntes por qué, pero siempre estuve seguro de que lo tendría, así que ahora me lo voy a llevar.

Estas últimas palabras las pronunció mirando fijamente a Delio. Después le echó mano al Deus Solis, clavó los ojos en él y, al cabo de un rato, comenzaron a resbalarle por las mejillas unas gruesas lágrimas que se detenían en la comisura de los labios, que sonreían ligeramente.

—Llévatelo y que te dé la paz que no has tenido. Mañana vendrá Diego de Madrid, que lo he llamado esta misma tarde para comunicarle que tenía que entregarle unas cosas que había encontrado en el reloj. Nada le pienso explicar de dónde hemos encontrado las otras. Todas estaban en la caja que había en el doble fondo y asunto acabado. Esto también te pertenece a ti —decía, mientras le entregaba a Silverio las cuatro cartas.

—Gracias, relojero. Eres un buen hombre a pesar de lo que digan por ahí. Al final, el Deus Solis también va a volver al Pazo, pero ahora legítimamente. Mi sobrina Diana, la mujer de Diego, es la única heredera que tengo, así que, cuando yo me muera, ella recibirá esto. Y ya se acabarán para siempre las peleas entre los Pimentel y los del Pazo, que ya iba siendo hora. Y además pronto...

—No digas eso, hombre —le cortó Aurelio—. No vayas a hacer ninguna tontería.

—No, no tengáis miedo, que no me voy a matar. Es que ahora que tengo el Deus Solis en la mano acabo de sentir algo aquí dentro —señalaba Silverio el centro del pecho— que me dice que ha llegado mi hora. No sé por qué, pero estoy seguro de que está muy cerca el fin de mis días.

Salió Silverio por la puerta y todos en el vagón se quedaron callados.

Aurelio se levantó e hizo un gesto a los chicos para que se levantaran. Todos se despidieron de Delio.

—Y ahora —dijo Aurelio—, todos a dormir. Vosotros, los cuatro, esta noche en mi casa, y mañana, cada uno para la suya, que es Nochebuena.

Se despidieron de Delio, que quedaba en el medio de su reducida vivienda, de pie y diciéndoles adiós con la mano.

Los muchachos no despertaron hasta poco antes de la hora de comer. Cada uno se fue para su casa como si nada. Los padres de Nicolás no iban a trabajar, ninguno de los dos, aquel día por la tarde.

—Papá, ¿me dejas invitar a Delio a venir a cenar con nosotros esta noche?

El hombre se quedó tan sorprendido por la pregunta de Nicolás, que no acertó a responder.

—Anda, papaíto, que es Nochebuena.

—Yo por mí sí, pero no va a querer venir él. Ése es raro para todo y prefiere estar metido en su madriguera como un topo.

—Yo me encargo de convencerlo, pero tú prométeme que no vais a reñir.

—¡Ay, eso díselo a él! Si él no empieza, yo tampoco.

—Está bien, ya se lo diré, y verás cómo él tampoco quiere reñir. Puede venir, ¿verdad?

El padre de Nicolás no tuvo tiempo de responder, porque ya el muchacho había desaparecido por la puerta.

Fue a llamar a Sol antes que a nadie. Antes siempre buscaba primero a Ramiro. Después, juntos, llamaron a los otros dos amigos y se dirigieron al vagón.

Delio les dijo que hacía poco tiempo que se habían ido Diego y Diana, porque acababan de saber que aquella misma noche se había muerto Silverio de una hemorragia cerebral y querían encargarse del entierro.

—¿Y les contó usted todo? —preguntó Ramiro.

—Sólo aquello que necesitan y les conviene saber y, por cierto, sin contarles casi ninguna mentira, Ramiro.

—Y les ha dado las joyas, claro —dijo Társila.

—De ellos eran, no mías ni del actual dueño del reloj, pero me quedó algo.

Se dirigió el hombre a un estante y tomó los dos finos pañuelos de batista.

—Esto es para vosotras —dijo entregándole uno a cada chica—. No es que yo no piense que también les habían de gustar a éstos, porque a mí me gustan mucho, pero es que sólo son dos pañuelos, no cuatro. Así que uno para Társila y otro para Sol.

Regresó a la estantería y volvió con el estuche de las agujas y con el acerico.

—El estuche de las agujas para Ramiro y esto para Nicolás, que todavía tiene que coserlo. Por cierto, que tú y yo —se dirigía ahora a Nicolás, al que miraba de frente— tenemos que hablar muy seriamente de la escuela.

Nicolás se volvió hacia Ramiro con cara amenazadora.

—No, no —dijo Delio—. No mires a nadie, que a mí no hace falta que me lo digan, que yo no soy tonto.

—Está bien —cortó rápido Nicolás—, pero el siete de enero, cuando acaben las vacaciones y tenga que volver a la escuela, y no hoy, que es Nochebuena. Por cierto, que dice mi padre que te vengas a cenar a nuestra casa. ¿Vas a venir? ¡Anda, ven!

—Está bien —asintió el viejo relojero—, ya hablaremos de eso más tarde. Ahora largaos de aquí, que tengo que trabajar algo y estoy más que harto de tener esto siempre lleno de chiquillería.

A Coruña, en la víspera
del Día de las Letras Gallegas
del año de Ánxel Fole.

Índice

Escribieron y dibujaron…

Xabier P. Docampo

—Xabier P. Docampo nació en Rábade (Lugo) en 1946. ¿Cuáles fueron sus inicios como escritor de literatura infantil y juvenil?

—Supongo que es el resultado de mezclar el trabajo con chicos y el deseo de escribir. Soy maestro. Mi gusto por escribir me llevó a crear textos para los chicos de mis clases y mi gusto por la lectura me hacía leer mucha literatura infantil y juvenil. Así fue que de pronto me encontré publicando lo que escribía.

—¿Existe algún dato real en el que se haya basado para elaborar el argumento de esta obra?

—De forma clara y directa, no. Lo que pasa es que todo cuanto uno hace tiene que ver con su vivir, de esa manera hay cosas en este libro que guardan relación con hechos que he vivido o conocido.

—El hecho de haber trabajado en el cine y la televisión ¿ha influido en esa descripción tan visual con que presenta los espacios y ambientes?

—Me imagino que sí. Me gusta muchísimo el cine. Y quiero contribuir a que el lector se sitúe visualmente en la historia, que se sienta dentro del escenario en que está sucediendo aquello que yo cuento para que, después, entre ambos vayamos construyendo la historia.

—¿Siente alguna predilección por los temas de misterio e intriga?

—Lo que más me interesa de la vida es aquello que no está explicado todavía o que es inexplicable. El misterio me mueve y me conmueve, me hace sentir el placentero vértigo de la limitación del conocimiento humano. No me atrae aquello que se explica en su totalidad, lo que deja de ser misterioso con facilidad, lo que no ofrece dudas. Pero sí me gustan los esfuerzos humanos por explicar los misterios.

Xosé Cobas

—Xosé Cobas nació en Logrosa, Negreira (A Coruña) en 1953. Desde muy joven se dedicó al dibujo y a la pintura, profesión que más tarde compartiría con la ilustración y el diseño gráfico. Desde 1991 es diseñador gráfico de la Diputación de A Coruña. ¿En qué momento surgió su interés por la ilustración de libros infantiles?

—Supongo que desde el momento en que surgió el interés por el dibujo y la ilustración en general; cuando en la escuela dibujaba sobre los cuadernos de aritmética las aventuras que imaginaba con mi bici de los años sesenta, pedaleando por caminos mojados. Ésas fueron mis primera ilustraciones, naturalmente infantiles. Fue a partir de 1988 cuando tuve la oportunidad de retomar aquel mundo de historias parecidas.

—Del texto de este libro, ¿qué motivos le han parecido más interesantes de destacar?

—Es un libro lleno de imágenes y, por tanto, no es fácil elegir y rescatar la más adecuada. De todos modos, la acción en el interior del Pazo me sugiere las imágenes con más carga de misterio. Gráficamente, las que poseen más contraluz me resultan especialmente atractivas.

—¿Qué técnica ha considerado más adecuada para conseguir ese efecto?

—Utilizo el óleo siempre que puedo, porque me resulta muy dulce de trabajar; acelero o retardo el secado según me convenga. Además, me encanta el olor a trementina.

—¿Ha ilustrado algún otro libro de este autor?

—Mi primer libro ilustrado infantil se lo debo a Xabier, después de que el azar nos reuniera un buen día de 1988 en mi estudio. A partir de ahí, le ilustré cuatro libros más. Con sus historias, la ilustración no sólo se hace, sino que también se vive.